Bibliografische Information der Deutschen Nationalbibliothek: Die Deutsche Nationalbibliothek verzeichnet diese Publikation in der Deutschen Nationalbibliografie; detaillierte bibliografische Daten sind im Internet über http://dnb.dnb.de abrufbar.

Herstellung und Verlag:
BoD-Books on Demand, Norderstedt

ISBN: 9783744883177

EIN KURZES LEBEN LANG

PETER K. STUMPF

Es war eine heiße, aber ziemlich
schwüle Sommernacht. Starke

Sturmböen zogen über die Baumwipfel des Rhinluchs und brachten dicke, schwarze Regenwolken über das Land. In ihren Innern zuckten Blitze in den wildesten Farben, brachten die Wolken zum glühenden Leuchten. Die wenigen Leute, die sich noch auf der Straße befanden, hasteten um so schnell wie möglich nach Hause zu kommen. In Fehrbellin achtete keiner auf die beiden jungen Männer, die sich an einem kleinen Einfamilienhaus zu schaffen machten. Der Mann, der an der Tür stand, sah auf die Uhr, schaute sich nach allen Seiten um und begann mit einem Stemmeisen das Schloß auszuhebeln. Es knackte etwas lauter und der Mann mit dem Eisen hielt in seinen Bewegungen inne. Erst nachdem er sich vergewissert hatte, daß niemand es gehört hatte und sie beobachtete, stemmte er erneut und hebelte das Schloß aus. Sie verschwanden in den Räumen, durchsuchten sie und steckten alles, was irgendeinen Wert besaß in die mitgeführten Rucksäcke, die die gleiche schwarze Farbe hatten, wie ihre Kleidung. Die Taschenlampen, die sie trugen, hatten eine rote Blende vor dem Glas, so daß sie nicht so auffällig leuchteten, sollte jemand an dem Haus vorbeikommen. Der Einbruch lief schnell und präzise ab. Nach nicht einmal zehn Minuten verließen die beiden Männer das Haus und verschwanden so blitzschnell wie sie gekommen waren im Schutz der Dunkelheit.

Paul saß in seinem Zimmer und blätterte in einem Lexikon. Seine Gedanken schweiften ab. Er dachte an die vergangenen Monate, die soviel Schmerz in sein Herz trugen. Binnen zweier Wochen starben seine Mutter und seine Freundin. Er fühlte sich leer und so unsagbar traurig, wie er es nie für möglich gehalten hatte. Er sah auf das Buch, das vor ihm auf dem Tisch lag. Was machte er nur? Er hatte sowieso keinen Nerv zum lesen. Der innere Druck wuchs zu einer Wut an, die ihn zu zerbrechen drohte.
„Scheißding!" schrie er und warf das Buch durch das Zimmer an die

Wand. Er horchte in sich hinein, wollte überprüfen, ob er sich dadurch besser als vorher fühlte, doch dem war nicht so. Der Junge schaute aus dem Fenster, sah in das Dunkel der Nacht hinaus. Wassertropfen klopften an die Scheiben und liefen in Rinnsalen das Glas hinab. Es blitzte und donnerte draußen wie schon seit Jahren nicht mehr, doch das störte Paul nicht im geringsten. Er nahm sich einen Anorak aus dem Schrank, riß die Zimmertür auf und rannte die Treppe nach unten. Als er die Haustür hinter sich schloß, spürte er das kühle Naß auf seinem Gesicht. Es machte aber alles nichts. Die Straßen in Rabenhorst waren, wie fast überall in den Nachbarorten, menschenleer. Nur ab und zu fuhr ein Auto den löchrigen Asphalt entlang. Verschwand aber schnell hinter irgendeiner Kurve. Er ging die Straße entlang, die zu dem ehemaligen Schloß führte, blieb an dessen Zufahrt stehen. Doch das Gebäude stand seit Monaten nicht mehr. Jemand hatte es gekauft und sich dafür entschieden, es abzureißen. Er verweilte Minutenlang an der Stelle wo er stand, ging dann aber weiter. Der starke Regen durchnäßte im Nu seine Kleidung. Der Anorak und die Jeans klebten unangenehm an seinem Körper, die kurzen, dunkelblonden Haare waren völlig naß. Sein Körper zitterte aber sein Gehirn ignorierte es. Seine Füße trugen ihn durch die dunklen Baumreihen an spärlich beleuchtete Häuser vorbei, hinaus aus dem Dorf. Die Blitze schienen jeden einzelnen Schritt zu begleiten und den Takt anzugeben. Seine Tränen vermischten sich mit denjenigen die aus den Wolken kamen und nichts schien ihm und die Welt um ihn herum trösten zu können. Als er von der Straße heruntertrat, knirschte Morast unter seinen Schuhsohlen. Die Wiesen und Weiden in der Gegend versanken fast bei solchen Regengüssen, waren nur sehr schwer begehbar. Doch auch das konnte dem Jungen nicht aufhalten. Er ging auf einen dunklen Fleck zu, der nur wenige Meter vor ihm auftauchte. Der

Fleck bewegte sich in der Dunkelheit hin und her, aber Paul hatte nicht die geringste Angst, denn er wußte das es sich nur um Bäume handelte, die sich im Wind wiegten. Im grellen Licht der Blitze wurden die Bäume sichtbar und das von Regentropfen durchwühlte Wasser des Rabentümpels. Paul blieb stehen. Er konnte nicht weitergehen, wenn er es auch unbedingt wollte. Umgestürzte Bäume, abgebrochene Äste und Zweige hinderten ihn daran. Er starrte auf die finsteren Schatten, die am Tage Trauerweiden waren. Sein Herz war erfüllt von Schmerz und tiefster Trauer. „Warum gerade sie? Warum hast du sie gerade zu dich geholt, Herr!? Sie hat in ihrem Leben niemandem etwas zu Leide getan, niemandem." Paul schrie diese Worte in den schwarzen, wolkenverhangenen Himmel. „Helena war ganze zwölf Jahre alt. Zwölf Jahre und sie war so rein und unschuldig, wie es nur ein Mensch sein kann. Ich frage dich also: Warum gerade sie?" Er spürte wieder die Wut in sich aufsteigen, die ihm bei allem Sinnlosen befiel.

„Warum?" schrie er fast wie von Sinnen und riß die zu Fäusten geballten Hände nach oben. Doch als er das tat, schlug ein Blitz krachend in einer Weide ein, die nur Zwölf Meter von ihm entfernt stand. Funken regneten auf das kühle Wasser hinab und der Blitz blendete den Jungen dermaßen, das er die Hände über die Augen schlug und auf die Knie fiel. SUCHE DIE SCHULDIGEN! Die Stimme klang sanft und trostvoll. Paul sah um sich, versuchte die Person zu finden, die zu der Stimme paßte, aber es war niemand da. "Wer ist da?" rief er, doch es antwortete ihm niemand. Er ließ den Kopf hängen. Doch wer es auch gewesen sein mochte. Er hatte recht. Die Schuldigen mußten bestraft werden. Wenn er im Leben nicht den geringsten Sinn mehr sah, so mußte er doch eine Aufgabe erfüllen und er war bereit alles dafür zu geben. Er lächelte haßerfüllt, drehte sich um und machte sich auf den Heimweg. Der Junge sah nicht mehr die beiden leuchtenden Gestalten, die sich auf die Wasserfläche des Tümpels erhoben und ihm nachschauten.

Sie hielten sich bei den Händen und verblaßten wieder nach wenigen Augenblicken. Der Regen hatte erheblich nachgelassen und nur noch wenige Tropfen klopften auf die Dächer der Häuser. Als Paul wieder nach Hause kam, fiel ihm das rote Herrenrad auf, das an den Hofzaun gelehnt war. Er stutzte und wunderte sich nicht wenig darüber, daß sich jemand bei diesem Wetter aus dem Haus traute, geschweige denn er fuhr mit dem Fahrrad durch die Gegend fuhr. Das er das tat, war eigentlich ganz normal. Er hatte nichts gegen den Regen. Er mochte ihn sogar ganz gerne. Doch wenn sich jemand mit dem Rad auf den Weg machte, bedeutete dies, daß es sich um eine wichtige Angelegenheit handeln mußte. Der Junge sah noch etwas genauer hin und jetzt wußte er auch, wer der Besucher war. Im Haus brannte kein Licht mehr. Sein Vater schien schon ins Bett gegangen zu sein. Er ging um das Haus herum und in der Dunkelheit der Nacht erblickte er die Umrisse eines Menschen, der auf der Treppe stand und wartete.

„Mensch, hast du mich aber erschreckt. Wo kommst du denn her." Thomas Rohrbecks Stimme durchdrang gedämpft die Dunkelheit. „Bin etwas Spazieren gegangen. Wartest du schon lange hier?" Paul war erstaunt darüber, den Bruder seiner Freundin hier zu sehen. Seit ihrer Beerdigung hatten sie sich nur ein oder vielleicht zweimal gegrüßt und sonst nicht weiter miteinander gesprochen.

„Ich wollte gerade klingeln, da habe ich deine Schritte gehört. Das ist vielleicht ein Scheißwetter. Ich bin völlig durchgeweicht." Obwohl der fünfzehnjährige Thomas Regenjacke und Regenhose anhatte, war er bis auf die Haut naß. Doch auch er spürte eine innere Wut die ihm das in den Hintergrund stellen ließ. „Ich muß mit dir reden, Paul!" „Wir gehen erst einmal rein." Paul schloß die Tür auf und sie gingen nach oben. Nachdem sie sich von den triefenden Sachen befreit hatten machten sie es sich in den beiden Sesseln bequem, die in Pauls Zimmer standen und saßen eine ganze Weile nur wortlos da und starrten einander vorbei an die Wände.

„Ob du das glaubst, oder nicht. Die haben die beiden Doofköppe wieder freigelassen." Nur mit Mühe konnte Thomas seine Stimme etwas zügeln. Wasser tropfte von seinen dunkelblonden kurzen Haaren auf den Sessel und sog sich in den braunen Stoff hinein. „Wesenberg und Schmidt sind aus dem Knast? Verdammte Scheiße! Warum denn das schon wieder?" Paul glaubte sich verhört zu haben. Er hatte gehört, das in den nächsten Tagen mit einem Urteil zu rechnen war, aber das man sie auf freiem Fuß gesetzt hatte, war ihm neu.

„Die Bastarde haben Bewährung gekriegt."

„Also haben unsere Aussagen nichts genützt. Was kann ein Mensch alles tun um seine gerechte Strafe zu erhalten." Paul schlug mit der Faust auf die Sessellehne.

„Das stinkt mir gewaltig. Ich kann diese Scheiße nicht akzeptieren." Thomas sah seinem Gegenüber direkt in die Augen, versuchte die Gefühle des anderen darin zu lesen. Doch das blieb ergebnislos. Pauls Blick blieb starr und kalt.

„Und ich will es nicht akzeptieren. Diese Schweine haben Helena Angst eingejagt, sie haben ihr weh getan und wahrscheinlich hatten sie bei dem Unfall auch ihre Hände mit im Spiel."

„Was schlägst du also vor?"

„Wir machen diese Kerle fertig. Ich kann dir noch nicht sagen was und wie wir es machen werden, aber diese Schweine werden uns noch um Gnade anwinseln. Nach und nach beschaffen wir uns alles, was wir über sie finden können. Lebenslauf, Freunde, Vorlieben, kurzum alles was ihren Tagesablauf bestimmt."

„Und was dann?"

„Dann lebt Wohl Martin Wesenberg und Ronald Schmidt!"

Die beiden Jungen schlugen die Hände ineinander zu einem kraftvollen Händedruck und sagten fast gleichzeitig:

„Die machen wir fertig!" Sie saßen noch eine ganze Weile nur so da und sagten kein Wort, bis Thomas um drei Uhr Nachts aufbrach und Paul in seinem Sessel eingeschlafen war.

Martin Wesenberg und Ronald Schmidt, zwei einundzwanzigjährige Männer mit schulterlangen Haaren und grauen Augen, saßen im Holzschuppen, der auf Wesenbergs Grundstück stand, und warfen einige Scheite Holz auf die Falltür die sie gerade geschlossen hatten. Sie führte in einen alten Vorratsraum, der früher als Kartoffelkeller gedient hatte und jetzt von beiden mit allen möglichen Diebesgut gefühlt worden war. Es war stickig im Schuppen und Staubkörner spielten in den Strahlen der Mittagssonne, die durch die Ritzen in den Außenwänden eindrangen. Obwohl die Beiden nur mit Turnhosen bekleidet waren, schwitzten sie. Sie setzten sich auf abgenutzte Hackklötze und nahmen sich eine Flasche Bier aus dem Eimer Wasser der daneben stand.

„Scheiß Hitze. Die macht einem das Leben zur Hölle." Ronny drehte die kühle Bierflasche über seine Stirn und atmete erleichtert auf.

„Zum Glück haben wir die Kotzbrühe, sonst müßten wir doch

tatsächlich Wasser saufen." Martin nahm einen kräftigen Schluck aus der Flasche.

„Pfui Teufel Wasser. Ich habe gehört, das es ziemlich ungesund sein soll. Aber was soll's, stoßen wir lieber auf alle Wichser an, die versuchten uns in den Knast zu stecken um uns dort versauern zu lassen. Trinken wir darauf, daß sie es nicht geschafft haben." Die jungen Männer schlugen die Flaschen derart aneinander das sie zerbrachen und die kühle Flüssigkeit durch ihre Hände floß. Sie johlten und lachten darüber nahmen zwei neue Flaschen aus dem Eimer und tranken diese in einem Zug aus.

„Was werden wir gegen diese verdammten Bengel unternehmen, Ronny?"

„Gar nichts. Wir haben Glück gehabt, daß wir aus dieser Scheiße so glimpflich raus gekommen sind. Wenn wir denen jetzt eine Abreibung verpassen, dann könnten wir zur Abwechslung eine Pechsträhne haben und das gefällt mir absolut nicht. Lassen wir uns Zeit damit, in ein paar Monaten bekommen sie, was sie verdient haben. Nur Schade um das kleine Mädchen."

„Ja! Wie ist sie eigentlich ums Leben gekommen?"

„Keine Ahnung, Martin! Ich habe nur gehört, daß sie einen Unfall gehabt hatte." Ihr Gespräch wurde jäh vom Klirren berstenden Glases unterbrochen, daß zwei oder auch dreimal wiederholte.

„Was ist denn das nun wieder für eine Scheiße!?" Martin sprang auf und riß vehement die Schuppentür auf, die in ihren Angeln krächzte. Einen Moment später folgte ihm Ronny, der über einen Holzscheit strauchelte und der Länge nach hinfiel. Er fluchte und rappelte sich schnell wieder auf. Als sie an dem Haus ankamen sahen sie, das die Fenster auf der Frontseite allesamt eingeworfen waren. Sie sahen noch wie eine Person mit einem weißen T-Shirt im Wald verschwand. Erkennen konnten sie diese Person nicht, aber Martin hatte schon eine Ahnung. Er ließ Ronny stehen und lief geradewegs auf das Nachbargrundstück.

Helmut Rohrbeck ein Mann Mitte dreißig, mit dunkelblonden kurzen Haaren und blauen Augen, saß in der Veranda auf einem Gartenstuhl und schliff gerade einige Messer und Scheren, die seiner Meinung nach schon ziemlich stumpf waren. Er hatte gute Laune. Ein wahres Wunder nach den vielen Schicksalsschlägen die seine Familie heimgesucht hatten. Er legte jede Klinge auf den kleinen Schleifstein, der durch ein Fußpedal angetrieben wurde und lauschte den schürfenden Geräuschen des Metalls auf dem Stein. Es klopfte an der Tür und Helmut horchte auf. Er wartete einen Augenblick bis es wieder klopft, diesmal lauter, wütender. Er stand auf und behielt ein spitzes Brotmesser in der Hand. Als er die Tür jedoch öffnete erfror das Lächeln das über seinen Mund strich zu einer eiskalten Maske.

„Was willst du hier?" fragte er stark darauf bedacht, die Fassung nicht zu verlieren.

„Ich verlange von Ihnen Schadenersatz!" Martin Wesenberg stand auf der

Türschwelle und fuchtelte wild mit den Händen um sich.

„Schadenersatz?" Rohrbeck wußte nicht von was der Kerl da überhaupt sprach.

„Ja sie bezahlen mir gefälligst die Fenster die ihr Sohn und dieser verkommene Paul Forster, bei mir eingeworfen haben. Falls sie dazu nicht bereit sind, bleibt mir nichts anderes übrig als die Polizei zu rufen." Helmut stand mit offenem Mund da. Welche Frechheit konnte ein Mensch besitzen der zuerst sein Leben zerstörte und dann von ihm noch Geld forderte? Er schluckte einen dicken Kloß hinunter.

„Du beschissener Punk, du! Verschwinde oder ich mache Hackfleisch aus dir." Er drehte das Messer mit dem Holzgriff in der Hand und spürte den ungeheuerlichen Wunsch diesen Bastard die kalte Klinge in die Gedärme zu rammen. In den Augen des Anderen blitzte einen Moment lang Angst auf, doch die wich bald in sich schäumenden Hohn, den Rohrbeck nicht ertragen konnte. Er hob die Hand mit dem Messer und stach zu.

Thomas und Paul rannten so schnell sie konnten. Äste und Zweige, die von den Bäumen im Wald herunterhingen, schlugen ihnen ins Gesicht und gelegentlich schrien sie vor Schmerz auf. Erst als sie sich ziemlich sicher waren, daß sie von niemandem verfolgt wurden, wurden sie langsamer. Sie atmeten hastig und ihr Puls raste. Bei nächster Gelegenheit hielten sie an und setzten sich auf einen umgestürzten Baum, der quer über einer Lichtung lag.

„Fühlst du dich jetzt besser?" fragte Paul Thomas, noch völlig außer Puste.

„Nein, keine Spur. Aber das war erst der Anfang. Nächstes mal geht es richtig rund."

Auch Thomas japste gierig nach Luft. „Das war doch bloß Kinderkram. Durch solch einen Quatsch machen wir sie nur noch wütend und sie agieren vorsichtiger."

Paul war nach Thomas' Anruf sofort nach Waldberg gefahren um sich dessen Plan erläutern zu lassen. Aber als Thomas dann mit der Nummer des

Scheibeneinwerfens kam, wollte er eigentlich nichts mehr davon wissen. Thomas überredete ihn jedoch, was ihm nicht schwerfiel. Er mußte etwas unternehmen und zwar schnell und das mit den Fenstern, war das Einzige, was ihnen in der Eile eingefallen war.

„Ja, du hast recht, aber jeder fängt mal klein an. Immer kleine Stiche, hier ein eingeschlagenes Fenster, da ein gekappter Stromkabel. Die werden verrückt, das sag ich dir." Paul grinste kalt, denn Thomas hatte ihm auf eine Idee gebracht.

Helmut setzte sich auf den Stuhl zurück. Er zitterte noch am ganzen Körper. Der Moment, in dem er zugestochen hatte, lief vor seinem inneren Auge ab. Er erhob das Messer und jagte es in den Türrahmen, nur wenige Zentimeter an der Nase dieses Schweines Wesenberg vorbei. Vielleicht hätte er ihn umgebracht, wenn seine Frau nicht aus der Küche gekommen wäre und nachgefragt hätte, wer da an der Tür sei. Er hatte nur gesagt, daß es für ihn wäre und das Messer in das Holz gerammt. Vielleicht könnte er sich daran gewöhnen, diesen Kerl Angst einzujagen. Dessen Gesichtsausdruck munterte ihn geradezu auf, es noch einmal zu wiederholen. Wesenberg sagte, daß Thomas und Paul die Fenster bei ihm eingeworfen hätten. Er war richtig stolz auf die Jungs, doch die Sache schadete ihnen mehr als das sie nutzt. Es gab zwar keine Beweise, aber die Polizei konnte eins und eins zusammenzählen und dann hätten sie ihm am Arsch. So war es nun einmal mit. Letztendlich traf es immer die Opfer. Helmut mußte sich mit den Jungs zusammensetzen, mit ihnen reden, daß es so nicht ging, wie sie es taten. Obwohl es ihm extrem gegen den Strich ging, mußte er es ihnen verbieten. Helmut Rohrbeck schüttelte nur den Kopf und setzte sich wieder vor dem Schleifbock und schärfte, begleitet von dem monotonen Singsang des Schleifsteins, die übriggebliebenen Messer.

„Was denkt dieser verdammte Rohrbeck sich dabei. Ich kann von Glück sagen, daß ich noch lebe!"

Wesenberg trat mit dem Fuß gegen seinen Fernsehsessel. Er lief im Wohnzimmer auf und ab und fluchte die aberwitzigsten Ausdrücke durch die Gegend. Ronny saß auf der Couch und grinste sich eins. Er war nicht mitgegangen, als Martin zu seinen Nachbarn gegangen war aber wie sich sein Freund da aufführte stimmte ihn vergnüglich.

„Da gibt's gar nichts zu feixen. Du bist wohl bekloppt, was? Wenn du weiter so machst, dann gibt's ein Ding, daß kannst du mir ruhig glauben." Schmidt war schon klar, daß Martin die Wahrheit sagte. Das störte ihn aber überhaupt nicht.

„Wenn er dich umbringen wollte, hätte er es längst getan. Er macht uns für den Tod seiner Tochter verantwortlich und ehrlich gesagt, ich an seiner Stelle würde nicht anders handeln. Ich würde doch etwas anders handeln. Ich hätte die Kerle schon längst alle gemacht." Ronny streckte den Daumen nach unten und blickte ernst.

„Der Penner war schon immer ein Waschlappen gewesen. Hätten die

Kinder damals nicht geholfen, dann hätten wir jetzt kein Problem mehr mit ihm." An die kürzere Vergangenheit, dachte er stets nur mit starken Unbehagen zurück. Als er von der Polizei abgeführt wurde, war ihm dermaßen ängstlich zumute, daß er tatsächlich glaubte, das er die nächsten zehn, zwölf Jahre hinter Gittern verbringen mußte. Aber mit viel Glück blieben sie auf freiem Fuß und bekamen lediglich eine Strafe auf Bewährung.

„Weißt du was mich interessiert?" fragte Ronald seinen Kumpanen.

"Keinen Schimmer!" Martin lümmelte sich auf dem Sessel.

„Ob die Kleine nun einen Unfall hatte, oder ob jemand nachgeholfen hat."

„Wer soll denn da nachgeholfen haben? Ich glaube, Alter, daß du zuviel Krimis dir anschaust."

„Rohrbeck ist zwar ein Volltrottel, aber etwas wahres muß doch dran sein. Umsonst würde der nicht uns den Tod seines Mädchens in die Schuhe schieben." Ronald hatte schon einmal darüber nachgedacht, aber eingefallen war ihm noch nichts. Vielleicht hätte er es vor ein paar Monaten in der ersten Wut und aus Angst ins Gefängnis zu müssen, getan. Doch später keinesfalls."

„Was hältst du davon, wenn wir eigene Untersuchungen anstellen?"

„Biste bescheuert? Denkste das wir nichts besseres zu tun haben, als ein Phantom nachzujagen?" Martin tippte mit dem rechten Zeigefinger an die Stirn.

„Wir müssen wieder zu Geld kommen, das ist das Wichtigste."

„Wie du meinst. Das würde aber nicht schaden, wenn wir denjenigen suchen würden, der uns diese Scheiße eingebrockt hat." Ronny zuckte nur mit den Schultern.

„Diese verdammten Bengels sind an unserem Elend schuld und niemand sonst. Ich glaube wir müssen uns diese Rotzer mal zur Brust nehmen. Außerdem habe ich jetzt keine Lust mehr mir über solchen Scheiß den Kopf zu zerbrechen. Willste ein Bier haben?"

„Na klar!" stimmte Ronny vorbehaltlos zu. Martin warf ihm eine Halbliterdose Bier zu.

„Auf Ex und rein in die hohle Birne." Sie setzten an und zogen es durch. Es sollte an diesem Tag nicht ihr letztes Bier gewesen sein.

Thomas kam etwas später, wie er seinen Eltern gesagt hatte, nach Hause. Es war zwar noch hell draußen, aber Helmut Rohrbeck wartete in der Veranda und schüttete unaufhaltsam immer neue Schluck Korn in sich hinein. Thomas hielt den Kopf gesenkt und versuchte sich so klein wie möglich zu machen um nicht mit seinen Vater aneinanderzugeraten.

„Ich dachte, das du um sechs zu Hause sein wolltest?" Helmut lallte mehr, als das er sprach. Seine Hände zitterten und er hatte Mühe die Schnapsflasche ruhig an den Mund zu setzen.

„Tut mir leid. Ist ein wenig später geworden." Der Junge hatte die Türklinke schon in der Hand.

„Wesenberg war hier. Er meinte, das du und Paul seine Fenster eingeworfen habt, stimmt das?" Helmut sah seinen Sohn mit blutunterlaufenen Augen an. Thomas wollte gerade seinen

Mund aufmachen um seinen Vater eine Notlüge aufzutischen, da kam dieser ihm zuvor.

„Du brauchst nicht zu lügen. Ich weiß ohnehin, daß ihr es gewesen seit. Ihr könnt mit diesem verkommenen Bastard anstellen was ihr wollt. Macht es aber so, daß man euch nicht dabei erwischt und merke dir endlich das du pünktlich nach Hause zu kommen hast." Der Mann wankte von seinem Sitz hin und her. In der geschüttelten Flasche gluckerte das Getränk auf und ab. Thomas blickte auf den Boden. Es tat ihm leid. Vielleicht hätte er noch vor ein paar Wochen seinen Vater dafür einen Säufer geschimpft. Aber das gehörte der Vergangenheit an. Eine Bilderflut durchströmte plötzlich seine Gedanken. Menschen. Bunt gekleidet und zu einer dichten Traube zusammengedrängt. Ein Blitz und die gesehenen Bilder waren vor seinen inneren Auge, wie ausgelöscht. Er sah noch einmal seinen Vater an, lächelte und ging zu sich ins Zimmer. Helmut nahm noch einen Schluck aus der

Schnapsflasche. Er war traurig und tat sich auch wahrscheinlich selber leid. Mit feuchten Augen sah er deren Inhalt an und schleuderte die Flasche wutentbrannt gegen die Verandawand.

Martin Wesenberg saß, wie fast jeden Abend, vor dem Fernseher und sah sich eine Sendung an, die seiner Meinung nach recht überflüssig war. Er schaltete die ganze Palette Sender auf und ab, doch was vernünftiges fand er aber nicht. Draußen heulte der Wind, fegte durch die Dunkelheit und wirbelte massenhaft Staub auf, der von den großen Feldern kommend, an seine Fenster schabte. Das Schaben wurde lauter und ein Klopfen setzte ein. Martin sah von der Mattscheibe zum Fenster und zurück. Es machte ihn nervös. Seine Hände griffen stärker um die Sessellehnen, verkrampften regelrecht in ihnen. Es klopfte weiter, nicht sehr laut aber einvernehmend. Martin schaltete den Fernseher etwas leiser, horchte etwas genauer den Klopfen, doch dieses mal war nichts zu hören. Er stellte den

Fernseher leiser und das Klopfen setzte erneut ein. Martin schaltete den Fernseher ganz aus, ging zu der Stelle, von der seiner Meinung nach das Klopfen ausging. Aber da war wieder nichts. Der junge Mann horchte auf jeden einzelnen Laut, horchte mit ganzer Konzentration. Doch nur das Heulen des Windes und das Schaben der Sandkörner an den Fensterscheiben machten auf sich aufmerksam. Er setzte sich wieder auf seinen Sessel, öffnete eine Dose Bier und sah sich die langweilige Fernsehsendung weiter an, ohne noch einmal durch das Klopfen gestört zu werden.

Eine Anzahl kleiner Menschen, Kinder, stand an der Schule und wartete auf den Bus. Mädchen und Jungen in bunter Kleidung gehüllt hüpften auf und ab und konnten es kaum erwarten endlich nach Hause zu kommen. Sie schrien, schubsten sich gegenseitig wie zum Spaß und die Lehrerin, die aufpaßte, gab sich größte Mühe die tobende Traube ruhig zu halten. Ihre Mühen blieben aber, wie jeden Tag, vergebens. Als der Bus um die Ecke kam, wurde die Unruhe größer. Ein Schieben und Drängeln um die besten Plätze begann. Die Rufe der ordnungsliebenden Lehrerin gingen in dem Tumult unter. Ein kleines, blondes Mädchen stand ganz vorn und lehnte sich gegen die, hinter ihr, stehenden Kinder um nicht das Gleichgewicht zu verlieren. Sie lächelte dabei, als wäre es eine Freude in diesem Trubel zu sein. Der Bus kam näher, war nur wenige Meter entfernt. Plötzlich ein Schrei und die Bremsen des großen Fahrzeugs quietschten laut auf. Das blonde Mädchen lag auf der Straße. Der Bus hatte sie angefahren und sie war mit dem Kopf auf den löchrigen Asphalt geschlagen. Ihr blondes Haar färbte sich rot und ihr Mund bewegte sich nur noch langsam. Jemand beugte sich über ihr lächelte und war erschüttert zugleich. Alle Anwesenden schrien und Paul wachte schreiend aus dem Traum. Er setzte sich auf. Sein Schlafanzug war von Schweiß durchnäßt. Er klebte an seinen Körper und fühlte sich kalt an. Das

Licht der Straßenlaterne schien durch das Fenster in sein Zimmer. Es war ruhig, sogar der Wind, der die ganze Zeit heftig geweht hatte, hatte sich zu einem lauen Lüftchen verringert. Paul atmete heftig und setzte sich auf. Es war nicht das erste Mal, daß dieser Traum ihn aus seinem Schlaf riß. Er hatte ihn schon Dutzende Male geträumt und jedesmal schien es ihm, als reiße ihm jemand das Herz aus seiner Brust. Er sah vor seinem geistigen Auge wie sich jemand über das blonde Mädchen, Helena, beugte und schadenfroh lächelte, sowie erschüttert zugleich aussah. Er sah, wie vorher, eine Hand um Helenas Hüfte griff und sie mit einem leichten Druck aus dem Gleichgewicht brachte. Paul konzentrierte sich auf diese ein Person, konnte aber das Gesicht nicht erkennen. War es Wesenberg? War es dieser verdammte Schmidt? Auch diese Mal mußte Paul feststellen, daß seine Bemühungen umsonst waren. Er sah nur die Hand und die Beine des Kerles. Aber er wußte wer er war. Er wußte wer dem Mädchen das angetan hatte. Doch irgend etwas hinderte ihm daran es auch herauszufinden. Es waren nicht die ersten Bilder dieser Art, die ihm das Leben manchmal richtig schwer machen konnten. Er konnte Dinge regelrecht vorherahnen. Er träumte zum Beispiel etwas und an einem der folgende Tage geschah das Geträumte wirklich. Oder es kam ein Geschehnis auf ihn zu und er wußte einfach wie es ausging. Diese Sachen waren in seinem Kopf und er konnte beim besten Willen nicht erklären, wie er es machte. Es war nun einmal da und er mußte es akzeptieren, ob er es wollte oder nicht. Die Dinge geschahen, damit mußte er leben. Manchmal ertappte er sich auch dabei wie er diese traumhaften Visionen in die Länge zog um das Weitere auch vorhersehen zu können. Es klappte erstaunlicherweise recht gut. Auch wenn er das Gesicht des Unbekannten nicht sehen konnte so wußte er doch genau, daß er ihn eines Tages aufspüren würde. Was er dann mit ihm anstellte, das stand in den Sternen. Er hatte noch genug Zeit sich dafür etwas auszudenken. Er zog die Decke wieder höher und schloß die Augen und in seinem Gedanken sah er wie Helena ihre Augen schloß und zwar für immer auf dieser Welt. Er drehte sich zur Seite und schlief, wenig später, traurig ein.

Als Martin gefrühstückt hatte, es gab Bier wie jeden Morgen, klingelte es an der Tür. Er blickte müde auf und kratzte sich hinter den Kopf. Seine Kehle war trocken, deshalb kippte er noch ein Schluck Bier nach, während er sich mühsam erhob und in alten, abgenutzten Hausschuhen zur Tür schlürfte.
„Morgen!" tönte Ronald fröhlich.
„Morgen ist Sonntag!" maulte Martin zurück. Eigentlich war es ihm egal, wenn er so früh aufstand. Aber heute ging es ihm nicht besonders. Sie gingen zurück in die Küche, wo noch das schmutzige Geschirr von mehreren Wochen in der Spüle lagerte. Martin griff nach einer Dose Bier und warf es seinem Kumpel zu, der es gekonnt auffing.

„Ich habe in der Sache von Helena Rohrbeck nachgehakt." Er schlürfte genüßlich das Bier aus der Dose und verschüttete etwas, das ihm in kleinen Rinnsalen den Hals hinunterlief.

„Und was hast du herausgefunden?" Martin gähnte lauthals und ging in das Wohnzimmer, wohin ihn Ronald folgte.

„Eines kann ich mit Gewißheit sagen. Der Sachse hat mit der Sache überhaupt nichts zu tun."

„Nein?" Martin war überrascht und enttäuscht zugleich. Er würde dem Sachsen gerne eins auswischen und da wäre ihm ein Kindermord ganz gelegen gekommen.

„Nein! Ich war in Potsdam und in Berlin, habe mich auf der Straße und in Kneipen umgehört. Der Sachse war zu der Zeit in Dresden, hat ein größeres Ding zu laufen gehabt."

„Bist du dir da ganz sicher?"

„Ganz sicher. Sechs Leute haben es mir bestätigt." Roland grinste zufrieden. Martin wiegte den Kopf hin und her. War es also doch bloß ein Unfall? Warum denn nicht? Es passierte allerlei auf den

Straßen und da wäre ein Unfall doch normal. Es war also ein Unfall und damit hatte es sich. Sie mußten sich wieder auf Beutezug begeben. Martin spürte wie seine Glieder zitterten, gierten nach der Sucht des Stehlens. Ihr Lagerraum war gut gefüllt und sie würden einiges Geld für die Ware bekommen, die sie gelagert hatten. Vielleicht wäre es jetzt das Beste, wenn sie zur Abwechslung mal einen Haufen Bares an Land ziehen würden.

„Was hältst du davon, wenn wir eine Bank ausrauben würden?"

„Sehr viel!" Ronald grinste sich einen ab. Er hatte gute Laune und das mußte, durch einen großen Schluck Bier aus der Dose, gefeiert werden. Sie setzten sich, unterhielten sich über mögliche Filialen die ganz in ihrer Nähe befanden und die Möglichkeiten unerkannt zu entkommen. Die beiden jungen Männer arbeiteten einen Terminplan aus, den sie bis auf die Sekunde genau einzuhalten hatten. Sie mußten sich verkleiden und überlegen, wie sie es machten. Ronald warf eine leere Bierdose hinter sich, schniefte durch die

Nase und rülpste genüßlich. Mit dem Klappern der Dose vermischte sich ein Klopfen, daß leise aber einnehmlich war. Martin machte gerade eine Zeichnung, die das Objekt ihrer Begierde darstellen sollte. Er hielt inne und verkrampfte seine Hand um den Bleistift. Er sah Ronald an, der sich im Sessel zurücklehnte und einen Fahren ließ.

„Schwein!" sagte Martin nur Geistesabwesend. Er schielte zu der Stelle an der Wand, von welcher das Klopfen herüberschallte. Seine Hände zitterten. Er stand auf.

„Hast du das auch gehört?" fragte er Ronald. Der schüttelte eifrig den Kopf.

„Das war sicher nur der Wind!" Ronald begleitete seinen Freund mit den Blicken zur Wand, an der nur ein Bild mit einer Vase dran hing.

„Ach Scheiße! Es ist Windstill und bei starkem Wind hat es bisher noch nie solche Geräusche gegeben. Da ist es wieder!" Martin hob den Zeigefinger und sah Ronald an, dann wieder zur Wand. Ronald horchte auf. Ein dumpfes, aber starkes Klopfen wurde hörbar, daß von draußen zu kommen schien.

„Wieder die beiden blöden Bengel?"

„Möglich. Dann werden wir eben nachsehen müssen." Martin ging schnell zur Eingangstür und verließ das Haus. Ronald folgte ihm.

Paul und Thomas hörten das Öffnen der Tür. Sie lächelten Beide wie auf Befehl. Die beiden Kerle hatten es offenbar gehört und kamen jetzt hinaus um die Ursache des Klopfens zu erkunden. Die Jungen liefen geduckt von dem Grundstück zu dem Waldstück, was sich auf der gegenüberliegenden Straßenseite befand und hockten sich in den Schatten der Bäume.
Ronald und Martin tauchten an der Häuserwand auf. Ihre Blicke schweiften durch die Gegend und schienen etwas zu suchen. Sie sahen wie Martin sich die Giebelwand ansah. Er drehte sich jetzt zu dem Waldstück und die Jungen duckten sich noch tiefer in den Schatten, als ob er sie hier

wahrnehmen konnte. Doch sie brauchten keine Angst zu haben, denn wo sie sich jetzt befanden, konnte man sie nur sehen, wenn man direkt davor stand.

„Das war toll, daß müssen wir noch ausbauen!" Thomas schlug Paul mit der flachen Hand auf den Rücken. Bunte Bilder huschten plötzlich Pauls inneren Auge vorbei. Die Menschentraube, der Bus. Paul kannte diesen Traum zur genüge. Doch weshalb befiel ihm dieser gerade jetzt, als er angerempelt wurde?

„Warst du auch dabei gewesen, als das mit Helena passierte?" fragte Paul Thomas in der Hoffnung, das es so war.

„Nein! Ich war zu Hause. An dem Tag hatte ich nur vier Stunden." Als Thomas das sagte sah er gerade über die Straße und beobachtete weiter wie sich die beiden jungen Männer aufmachten und wieder ins Haus zurückgingen.

„Ach so!" Paul ging nicht weiter darauf ein. Sie beobachteten noch eine Weile gemeinsam das Haus und verschwanden später, jeder für sich, nach Hause.

Als Thomas nach Hause kam, ging er sofort ins Wohnzimmer um sich etwas im Fernseher anzuschauen. Sein Vater lag auf dem Sofa und hielt ein Nickerchen. Thomas brauchte nicht genauer hinzusehen, denn er wußte bereits, daß sein Vater nicht schlief. Er hatte die Augen geöffnet und starrte nur an die Decke. Helmut sagte kein Wort. Thomas schaltete den Fernseher ein und drückte mit der Fernbedienung alle Sender durch, doch es kam nichts Gescheites in der Glotze. Helmut wendete den Kopf und sah seinen Sohn an. Zuerst ohne ein Wort zu sagen. Er blickte nur stumm zu dem Jungen hinüber. Thomas blieb ruhig. Ihm ging es auf die Nerven von der Seite beobachtet zu werden. Im Inneren aber war er nervös und so durcheinander, daß er den Fernseher wieder abstellte und das Wohnzimmer verlassen wollte. „Bleibe` doch hier. Wir könnten doch Dame spielen. Oder was hältst du davon, wenn wir ein wenig gegen den Ball treten?"

„Dazu habe ich keine Lust." Thomas wollte so schnell wie möglich weg hier. Er war nicht gerne mit seinem Vater zusammen. Der trank nur noch und gab ihm Ratschläge auf die er gewiß verzichten konnte.

„Oder ich zeige dir, wie man Auto fährt!?" Helmut bettelte regelrecht um das Zusammensein mit seinem Sohn. Was dieser jedoch nicht wollte, war mit seinem Vater zusammen zu sein.

„Will ich nicht." Wußte er denn überhaupt, was er da sagte? Er wollte nicht mit dem Auto fahren? Es mußte schon ziemlich schlimm mit ihm bestellt sein, daß er darauf verzichtete.

„Wir können doch miteinander reden, irgend etwas. Du kannst dir aussuchen was."

„Keine Lust!" Thomas hörte sich seinen Vater nicht mehr an. Er schämte sich für ihn. Er verließ so schnell wie möglich das Wohnzimmer und ging auf sein eigenes. Helmut blieb zurück. Er saß auf dem Sofa und schaute seinen Sohn traurig hinterher.

Niemand konnte ihn mehr leiden. Niemand brauchte ihn mehr. Eine Erkenntnis auf die er schon vor Wochen gekommen war, aber jetzt erst richtig wahrgenommen hatte. Die Tür öffnete sich und seine Frau Susanne kam ins Zimmer. Sie trug eine Jeans und ein T-Shirt. War fast genauso angezogen wie ihr Mann. Aber sie sah in den Sachen viel besser aus als er selbst.

„Schöner Tag heute, was?" Sie setzte sich auf einen Sessel Helmut gegenüber und atmete kräftig durch. Sie war gerade aus der Küche gekommen und hatte Essen gekocht. Es war noch nicht ganz fertig. Der Rosenkohl mußte noch etwas garen. Ein paar Minuten. Ein wenig Zeit, die Beine hochzulegen und einen schönen Tag zu genießen.

„Ja. Hoffentlich wird es nicht zu heiß." Er mochte die große Hitze nicht, die einem ganz schön zu schaffen machen konnte. Der Mann schien etwas zu überlegen. Er war sich nicht sicher.

„Susi?!" sagte er halbherzig.

„Ja!" Seine Frau sah ihn durchdringend an.

„Liebst du mich noch?"

Susanne wußte nicht, was sie darauf antworten sollte. Natürlich liebte sie ihn. Ansonsten hätte sie ihn nicht geheiratet.

„Ja!"

„Wirklich?"

„Ja. Ich liebe dich, Helmut. Das weißt du doch aber. Weshalb also diese Frage?"

„Ich weiß es eben nicht. Es scheint als haben alle das Interesse an mir verloren. Niemand mag mich. Alle gehen mir aus dem Weg, als hätte ich eine ansteckende Krankheit."

„Das bildest du dir nur ein. Nichts hat sich geändert!"

„Ich bilde mir überhaupt nichts ein. Ich weiß doch was ich sehe. Der Junge will nicht einmal mit mir reden. Er geht mir aus dem Weg. Ich glaube, er schämt sich sogar meinetwegen. Und du, du redest mit mir nur noch belangloses Zeug." Helmut war von Wort zu Wort lauter geworden und mußte sich anstrengen, sich wieder etwas leiser zu artikulieren.

„Ach ja!" Jetzt wurde auch Susanne ein wenig lauter.

„Ja!"

„Ich bin es nicht der sich in Selbstmitleid flieht und der das Leben der anderen damit zur Hölle macht. Schau dich doch nur mal selber an und du siehst nur noch ein Wrack. Saufen. Jeden Tag trinkst du Unmengen Alkohol, tust so als ob die ganze Welt dich hassen würde. Dem ist aber nicht so." Sie wurde fast still und flüsterte.

„Werde wieder zu einem Mensch. Höre auf mit dem Trinken und kümmere dich um deinen Sohn und kümmere dich um mich!"

Helmut wußte nicht, was er dazu sagen sollte. Seine Frau hatte damit recht. Er konnte den Tod seiner Tochter nicht verwinden, noch konnte er an dem Zustand etwas ändern. Wie gerne würde er sie sich wieder zurückholen. Zurück zu sich und der Familie, die sie geliebt hatte. Aber es ging nicht. Er mußte es nehmen, wie es war.

„Ich habe Hunger!" sagte Helmut.

„Na dann gehen wir essen. Ich habe Kohlrouladen gemacht. Die werden dir schmecken." Helmut lief das Wasser im Mund zusammen und folgte Susanne, die das Zimmer verließ.

Martin saß im Sessel und war vor dem Fernseher eingeschlafen. Er zuckte einige Male mit den Mundwinkeln und blieb dann still. Er war alleine im Haus. Ronald war schon vor Stunden gegangen, würde aber am nächsten Morgen wieder bei ihm auftauchen. Das blaue Licht des Fernsehers flimmerte durch die Dunkelheit. Sein unheimliches Rauschen vermischte sich mit dem Rufen einer Eule, die im nahen Wald auf einem Baum saß. Zwei unbekannte Gestalten näherten sich Wesenbergs Haus, blieben abwartend davor stehen, und betraten es durch die Eingangstür. Wesenberg räusperte sich, wurde durch ein Geräusch aus dem Schlaf gerissen. Er setzte sich bequemer hin, rieb sich Müdigkeit aus den Augen und horchte etwas genauer. Nervös suchte er nach der Fernbedienung des Fernsehers und schaltete ihn ab. Wieder reckte er den Kopf zur Seite und lauschte angestrengt. Ein lautes Kratzen übertönte den rauschenden Fernseher, setzte für eine Sekunde aus und setzte von neuem ein. Martin stand auf. Insgeheim verfluchte er Paul Forster und Thomas Rohrbeck die, seiner Meinung nach, hinter dieser Sache steckten. Sie versuchten ihn fertig zu machen. Aber eines war sicher, an ihm würden sie sich noch die Zähne ausbeißen. Es war dunkel im Raum. Nur das diffuse Licht einer entfernten Straßenlaterne durchbrach ein wenig die Finsternis. Martin schlich mehr als das er ging zur Eingangstür. Er wollte diese Bengel auf frischer Tat ertappen und es ihnen heimzahlen. Ihre Scherze konnten sie mit jemandem anders machen, aber nicht mit ihm. Er riß die Tür auf. Es war jedoch niemand da, dem er seine Meinung sagen konnte oder ihm eins auf seine Nase versetzen konnte. Die Grillen zirpten durch die laue Nacht. Martin sah nach allen Seiten und ließ dann enttäuscht die Tür in ihr Schloß fallen. Wieder klopfte und scharrte es an der Tür. Dieses mal riß er sie sofort auf. Doch auch jetzt starrte er ins Leere. Er schrie in die Nacht und konnte den Zorn in seiner Stimme nicht unterdrücken.

„Laßt euch gefälligst sehen ihr feigen Schweine. Ich will eure verdammten Gesichter zu Hackbraten verarbeiten." Martin schniefte und spuckte verächtlich aus. Wieder war das Klopfen zu hören und Martin erschrak. Es war wieder die Tür, an der sich außer ihm selbst niemand anderes befand. Er wich ängstlich zurück. Das Klopfen wich einem Kratzen.

„Wer ist da? Was ist da?" Martin warf sich mit seinem ganzen Körper gegen die Tür, die dadurch an allen Seiten ächzte. Ein Zischen durchdrang den Raum und ein eisiger Windhauch berührte den jungen Mann, der zitternd Meter um Meter zurückwich. Eine Windböe stieß krachend die Wohnzimmerfenster auf. Heulend zerzauste der Wind seine kurzen Haare. Martin eilte zu den Fenstern und schloß sie. Sein Atem ging schwer und schnell. Binnen Sekunden verflog die Kälte die an seinen Nerven zerrte. Der junge Mann schaltete sofort wieder den Fernseher ein. Er fühlte sich allein. Die Angst, die er vor wenigen Augenblicken noch spürte, wich dem Gefühl der Einsamkeit. Er sah die Leute im Fernsehen, die er nicht kannte. Sie waren fern, für ihn doch so nah. Ein einziges Vergnügen für seinen Geist, der nichts anderes gewohnt war.

Am nächsten Tag schien die Sonne und es war so warm, wie schon lange nicht mehr. Paul fuhr mit dem Fahrrad die Landstraße entlang. Der laue Sommerwind blies durch sein Haar und kühlte seine überhitzten Wangen. Der Junge hatte kein bestimmtes Ziel, fuhr einfach so drauf los. Sein Blick fiel seitwärts auf ein braches Feld, an dessen Ende der Rabentümpel lag. Die Blattlosen Bäume mit ihren verdorrten Ästen standen im modrigem Wasser. Vereinzelt verhinderten sprießende Sträucher den Blick auf seine Mitte. An diesen Platz ging er häufig, wenn er allein sein wollte. Er kannte fast alle Geschichten, die man sich über dem Tümpel erzählte. Von den zahlreichen Tieren, die in seiner Mitte versanken. Als er noch ganz klein war, fand er diese Geschichten recht gruselig. Aber das hatte sich mit der Zeit gegeben und jetzt machte es ihm nichts aus auch Nachts dorthin zu gehen. Er trat stärker in die Pedalen. Die Bäume liefen an ihm schnell vorbei. Nach einigen Minuten verdeckten sie den Tümpel ganz und er verschwand aus Pauls Blickfeld. Die Straße beschrieb eine Kurve und dahinter tauchten plötzlich zwei Personen auf. Sie hielten sich an den Händen und schienen in ein ausführliches Gespräch vertieft zu sein. Der Mann war Mitte vierzig, hatte aber schon weißes Haar. Die Frau schien ein wenig jünger zu sein. Vielleicht drei, vier Jahre. Paul konnte sich jedoch auch irren. Er fuhr an ihnen vorbei, wurde von den älteren Leuten jedoch nicht beachtet. Paul zog seine Stirn in Falten. Von irgendwoher kannte er diese Leute. Hatte sie schon einmal gesehen, dessen war er sich absolut sicher. Ob sie nun aus Rabenhorst kamen, oder von einem der Nachbardörfer, daß wußte er noch nicht. Er drehte sich zu dem älteren Paar noch einmal um, und stutzte. Die Frau und der Mann waren verschwunden. Paul drehte sich zu allen Seiten um, sah sie aber nicht mehr. Vielleicht waren sie ja einem Pfad hineingegangen, der von der Straße abzweigte. Vielleicht aber auch nicht. Er hatte keine Wege gesehen und auch sonst noch eine Möglichkeit, die Straße zu verlassen. Er trat wieder stärker in die Pedalen. Er sah sich wieder nach allen Seiten um und verlor das Paar wieder aus den Gedanken.

Thomas wälzte sich im Bett hin und her. Ihm quälten schlechte Gedanken, die er in der Vergangenheit zurücklassen wollte. Immer wieder sah er das Bild seiner Schwester vor seinem inneren Auge. Helena wie sie von ihren Eltern alles bekam, was sie wollte. Er war neidisch auf die Zuneigung die sie bekommen hatte. Aber als sie dann tot war überfiel ihm eine große Trauer wie er es nicht, in seiner Mißgunst, für möglich gehalten hätte. Er sprang aus dem Bett, lief auf und ab und fuhr panisch mit der Hand durchs braune Haar. Der Junge verdrängte etwas. Etwas Schreckliches, etwas, was er niemandem anvertrauen konnte. Schweiß stand ihm auf der Stirn. Seine Glieder zitterten und waren steif vom Schlaf. Er mußte etwas tun. Er wollte dafür sorgen, daß die Kerle, die sie umgebracht hatten, es bereuen würden. Das, was sich Paul hatte einfallen lassen, war einfach nur Kinderkram. Sie sollten leiden, sie sollten sterben.

Helmut war an diesem Tag schon sehr früh aufgestanden. Seine Augen waren rot geschwollen und eine Alkoholfahne wehte ihm voraus im Wind. Obwohl er vor Stunden das Letzte getrunken hatte. Er wollte sich endlich um seine Familie kümmern, deshalb hatte er sich entschlossen das Trinken ganz aufzugeben. Er half damit niemandem. Nicht sich, nicht seiner toten Tochter und erst recht nicht seiner Frau und seinem Sohn. Sie diente nur als Vorwand für das Selbstmitleid, daß er empfand. Er war auf den Weg zum Friedhof, auf dem sie Helena beigesetzt hatten. Jedesmal, wenn er die eiserne Pforte des Friedhofes öffnete, starb ein Teil von ihm mit. Er pfiff auf all die guten Vorsätze die er hatte und heulte drauf los, wie ein kleines Kind. Er dachte, daß es sich mit der Zeit legen würde. Doch dem schien nicht so zu sein. Auch dieses mal, als er durch die Pforte ging, wurde ihm klamm ums Herz. Er kam am jeden Tag hierher und wechselte die Blumen aus. Der kleine Grabstein wurde von zwei Vasen flankiert. In eine stellte er und seine Familie seine Blumen, in der anderen standen die von Paul Forster. Während er mit ein paar Handgriffen die Blumen auswechselte, blickte er auf. Im Schatten eines nahen Baumes stand Thomas und sah zu ihm herüber.

„Komm' doch her!" sagte Helmut. Thomas rührte sich aber zuerst nicht. Helmut rief noch etwas lauter und winkte ihn heran. Aber er kam nicht. Statt dessen verließ er so schnell er konnte den Friedhof und verschwand. Helmut lief ihm nach. Doch sein Sohn war schneller. Er war nicht mehr zu sehen. Enttäuscht ging Helmut zurück um sich noch eine Weile mit dem Grab zu beschäftigen.

Martin war gerade vom Einkauf gekommen. Er dachte den ganzen Weg vom Supermarkt bis nach Hause darüber nach, wie die Bengel das mit dem Klopfen anstellten. Es waren zwei und sie konnten somit von zwei Stellen gleichzeitig agieren. Während der eine sich an der Tür aufhielt, stieß der andere die Fenster auf. Aber wie machten sie es, daß er sie nicht sah? Er war doch sofort zur Stelle, als er das Klopfen hörte. Auch bei den Fenstern vergingen nur Sekunden. Aber er hatte niemandem gesehen. Wie stellten sie es außerdem an, kalte Luft durch die Räume wehen zu lassen? Obwohl es draußen windstill war und herrlichstes Sommerwetter gab. Fragen auf die er keine Antwort wußte. Sein Kopf schmerzte noch vom gestrigen Abend, als er mit Ronald etliche Liter Bier trank. Das Hämmern ließ den schönen, aber äußerst schwülen Sommertag zur Qual werden. Er stellte den Einkaufskorb, den er trug, auf den Küchentisch und räumte dessen Inhalt in die Schränke.

MARTIN! Es hallte durch die Zimmer. Es war mehr ein leises Flüstern, als ein lautes Sprechen. Martin hielt bei seiner Beschäftigung inne, sah nach allen Seiten. Sein Puls ging immer höher und der steigende Blutdruck verschlimmerte seine Kopfschmerzen immer mehr.

MARTIN! Da war es wieder. Trotz seiner Schmerzen im Kopf konnte er jedoch genau erkennen, daß es sich um mehrere Stimmen handelte, die seinen Namen riefen.

„Wer ist da?" Seine Stimme klang heiser und eine Welle wütenden Schmerzes durchbohrte sein Kopf. Es antwortete jedoch niemand. Es war still, nicht einmal die Vögel zwitscherten draußen, wie er es eigentlich gewohnt war. Ein, zuerst kaum hörbares, Kratzen ließ in wieder aufschrecken. Es wurde immer lauter und schien, wie die Stimmen, von überall herzukommen. Das Kratzen wurde zum Klopfen. Ein Klopfen an der

Tür. Ein Klopfen an den Wänden. Ein Klopfen an den Fenstern. Die Stimmen näherten sich etwas. Auch das Kratzen, das Klopfen schien jetzt in der Küche zu sein. Er spürte die Gegenwart von etwas Fremdem. Sein Atem ging schneller und kalter Schweiß brach aus seinen Poren. Angst überfiel ihm und lähmte seine starren Glieder. Er nahm wieder etwas aus dem Einkaufskorb. Eine Flasche Ketchup. Seine Hände zitterten und die Flasche rutschte durch deren schmierige Haut. Wie in Zeitlupe sah er, wie die Flasche auf den gefliesten Boden fiel. Erst als das Glas auf den Boden fiel und in kleine Teile zerfiel, kam er wieder etwas zu sich. Verständnislos sah er auf die rote Masse, die die weißen Fliesen bedeckte.

„Scheiße!" sagte er langsam aber eindringlich. Er bückte sich, hob die Scherben auf und warf sie in den Abfalleimer. Es wurde kühler im Raum und Martin hielt wieder inne. Das Klopfen setzte wieder ein. Doch es kam diesmal nur aus einer Richtung. Er ging langsam darauf zu, ging durch den Flur, auf die Eingangstür zu, von der er das Klopfen vermutete. Er griff langsam an die Türklinke, wartete bis es wieder klopfte. Wieder pochte es an der Tür in dem gleichen Takt, wie es in seinem Kopf rührte. Er riß die Tür auf, erwartete einem dieser verdammten Bengel aus der Nachbarschaft, die ihn das Leben zur Hölle machten. Den Einzigen den er jedoch sah war, Ronald.

„Biste bescheuert!" Ronald schreckte hoch, als sein Freund die Tür aufriß.

„Ach du!" Enttäuscht, aber auch ein wenig erleichtert, trat Martin beiseite und ließ Ronald eintreten.

„Wen hast du denn sonst erwartet?"

„Vergiß es!" wiegelte Martin ab. „Mir geht es nicht gut und wenn ich dich sehe, dann wird mir auch nicht viel besser."

„Danke, gleichfalls! Haste ein Bier?"

„In der Küche!"

„Wir könnten wieder einmal Kohle gebrauchen! Ich bin total blank und das Geld in den Kassen der Tankstellen wartet schon!" Ronald nahm sich eine Dose Bier aus dem

Einkaufskorb und setzte sich an den Küchentisch.

„Tankstellen!? Viel zu heißes Pflaster!" Martin tat es seinem Kumpel gleich und setzte sich auch.

„Da gibt es aber Pulver zu holen. Ich meine, wir sollten uns nur noch auf Bargeld festlegen." Ronald nahm einen kräftigen Schluck aus der Dose und rülpste genüßlich.

„Ich habe keine Lust, irgendwann doch noch im Knast zu landen."

„Und ich habe nicht die geringste Lust mir vom Sachsen oder wem sonst noch übers Ohr hauen zu lassen. Wir machen die Arbeit und die machen einen Reibach. Soll ich dir mal was sagen? Das stinkt mir gewaltig!" Ronald sagte es so laut wie es auch gedacht war.

„Das stinkt mir auch!" pflichtete ihm Martin bei. Er war sich nicht sicher. Vielleicht hatte Ronald doch recht. Vielleicht sollten sie es mit der Hehlerware bleiben lassen.

„Und wo willst du zuerst zuschlagen?" fragte Martin, während er mit einem gekonnten

Wurf eine leere Bierdose in den Mülleimer beförderte.

„Autobahntankstellen!" Ronald grinste breit, als ob ihm etwas geniales eingefallen war. Während Ronald von dem ersten Coup erzählte glitten Martins Gedanken wieder zu den kratzenden Geräuschen zurück. Zuerst hatte er gedacht, daß Ronald sich einen Spaß mit ihm erlaubt. Je genauer er jedoch darüber nachdachte, desto unglaubwürdiger wurde dies. Ronalds undeutlichen Worte drangen, wie von weiter Ferne, zu ihm herüber. Martin war jetzt alles egal. Wenn Ronald einen guten Einfall hatte, dann sollten sie ihn auch in die Tat umsetzen.

„Hast du mir überhaupt zugehört?" Ronalds Stimme klang scharf mit einer Spur wütender Verwunderung.

„Ja, Ja. Wir räumen Autobahntankstellen aus!" Martin war noch immer nicht ganz bei sich. Er hörte wieder die Stimmen. Leise, aber deutlich traten sie zwischen seinen Gedanken hervor. Sie quälten ihn, machten ihm Angst. Wieder sagte Ronald etwas, doch Martin verstand es nicht. Die

Stimmen schotteten ihn von der Außenwelt ab, ließen nicht zu, daß jemand ihm rein redete.

„Ist alles mit dir in Ordnung? Du siehst ziemlich beschissen aus, wenn ich das mal sagen darf!" Ronald sah ein wenig besorgt seinen Kumpel an. Aber er war nicht um dessen Person besorgt. Eher hatte er Angst, daß es mit der Tankstelle nicht klappte.

„Ich habe nur Kopfschmerzen. Vielleicht haben wir gestern zu viel gesoffen. Wenn ich es nicht genau wissen würde könnte man denken, daß mein Schädel von Minute zu Minute größer wird." Martin hielt für einen Augenblick inne.

„Wir haben doch dieses Klopfen gehört, dieses Kratzen an den Wänden!?"

„Ach das von gestern. Forster und Rohrbeck könnten wieder einen Abreibung vertragen!" Ronald nahm sich eine neue Dose Bier.

„Nein! Ich glaube nicht, daß sie das waren. Ich habe heute wieder diese Geräusche gehört und sogar Stimmen!"

„Also doch! Du bist reif für die Klapper!" sagte Ronald mit einem schiefen Grinsen um den Mundwinkeln.

„Das ist überhaupt nicht witzig! Ich weiß, daß ich diese Stimmen von irgendwoher kenne. Nur, weiß ich nicht von wo." Martin war ein wenig sauer auf sein Freund, der sich aber genauso verhielt, wie er es eigentlich hatte annehmen müssen. Er glaubte ihm nicht und er konnte ihn gut verstehen.

„Glaubst du etwa, daß es Gespenster sind!?" Ronald machte sich lustig über Martin und das paßte ihn überhaupt nicht. Er schnellte von seinem Stuhl hoch und packte seinen Freund am Kragen. Die Bierdose die sein Gegenüber noch in der Hand hielt rutschte zu Boden und bedeckte die Fliesen mit der schäumenden Flüssigkeit.

„Höre zu, du dumme Drecksau! Ich spinne nicht. Wenn ich dir sage, das hier etwas Merkwürdiges vor sich geht, dann stimmt das auch und wenn ich reif fürs Irrenhaus bin, dann ist das ganz allein meine Sache. Hast du das kapiert?" Martin schüttelte Ronald aus dessen Mund nur ein überrashtes Gurgeln kam.

„Ob du das endlich kapiert hast?"
schrie Martin aus vollem Halse, so
das ihm der Hals weh tat.

„Ja! Ist ja gut, Alter. Bleibe ruhig
und trink wieder ein Bier zur
Beruhigung." Martin sah Ronald
mit starrem Blick an und ließ ihn
endlich los. Sie setzten sich wieder.

„Hier geht etwas vor sich, daß ich
nicht erklären kann. Ich mag es
nicht und ich glaube es versucht
mir Angst einzujagen. Ich kenne
es, das weiß ich genau und wir
müssen uns davor vorsehen."
Martin hob eine Dose Bier in die
Höhe und prostete Ronald zu,
versteinert und mit viel
Unbehagen.

Thomas und Paul saßen in
Thomas' Zimmer und unterhielten
sich angestrengt. Während
Thomas wild gestikulierte, sah
sich Paul die Poster der Rock- und
Filmstars an.

„Wer war es nun?" Pauls Frage
kam für Thomas ziemlich
überraschend.

„Wer war was?"

„Wer hat Helena den Stoß
gegeben?"

Thomas sah betreten zu Boden, konnte nicht in Pauls Augen sehen. „Ich weiß es nicht!" sagte er, aber Paul wußte, daß es nicht die Wahrheit war.

„Und ob du es weißt! Du warst doch dabei gewesen. Du mußt doch wissen, wer sich in ihrer Nähe aufgehalten hat."

„Es waren so viele Kinder, ich kann mich nicht erinnern." Thomas hatte doch gesagt, daß er nicht dabei gewesen war. Wollte der ihn eine Falle stellen? Er rutschte von einem Ende seines Sessels zum nächsten.

„Du brauchst doch keine Angst zu haben. Sag mir einfach wer es war und damit hat es sich." Paul konnte nicht verstehen, warum Thomas diese Frage nicht beantworten wollte.

„Ich habe keine Angst!" Thomas protestierte heftig, mußte sich aber selbst zugestehen, daß er doch Angst hatte. Aber die hatte einen Grund, den niemand erfahren durfte.

„Sag es mir!" Paul drängelte seinem Gegenüber.

„Nein!"

"Sag es mir!"

„Nein, ich will nicht!" Thomas versuchte hart zu bleiben.

„Verdammt noch mal! Du sagst es mir jetzt, oder ich schlage dir deine Nase breit!"

Thomas Augen weiteten sich und er war von Pauls Temperamentsausbruch nicht wenig überrascht. Obwohl Paul ein Junge war, der seinen Jähzorn nur schwer unter Kontrolle halten konnte.

„Woher soll ich denn das wissen. Ich war ja nicht dabei!"

„Du warst nicht dabei? Das hättest du mir gleich sagen können!" Paul stand auf und ging einige Schritte auf und ab. „Ich weiß ganz genau, daß Helena vor den Bus gestoßen wurde. Jemand hat sie mit Absicht getötet und ich muß wissen, wer das war, damit ich ihm fragen kann, warum er das getan hat."

„Wir waren uns doch einig darüber, daß es Wesenberg war. Er konnte uns noch nie leiden und Helena schon gar nicht!" Thomas lümmelte sich noch tiefer in den Sessel.

„Wie kommst du darauf?" Paul hielt in seinen Schritten inne.

„Sie war doch Schuld an seiner Festnahme." Thomas wurde leicht unsicher.

„Du hast gesagt, daß er sie noch nie leiden konnte!?" Pauls Blick wurde intensiver.

„Er meinte, daß sie ein verwöhntes Kind war, alles bekam, was sie wollte und ihn selber schlecht behandelte."

„Die Beiden hatten doch miteinander gar nichts zu tun. Woher will dieser Fatzke wissen, wie Helena war. Der hat doch keine Ahnung." Paul wurde immer lauter. Ihm paßte das gar nicht.

„Aber er war es trotzdem nicht!" sagte Paul nach einer kurzen Pause mit belegter Stimme. Thomas Kopf schnellte in die Höhe, als er das hörte? Wußte Paul mehr, als er zugeben wollte? Vielleicht war das so. Konnte er das auch beweisen?

„Wer war es dann, wenn ich mal fragen darf?" Thomas sah Paul lauernd an, versuchte eine Antwort aus dessen Mimik zu lesen, doch ohne Erfolg.

„Ich kenne ihn, aber seinen Namen nicht. Es liegt mir alles auf der Zunge. Das hört sich ziemlich blöd an. Es ist aber nun einmal so. Ich habe das Gefühl, das ich den Täter kenne."

„Ein Gefühl?" Thomas war erstaunt und auf eine andere Weise erleichtert.

„Ja ein Gefühl. Nachts, wenn ich schlafe, dann träume ich davon. Ich sehe wie sich jemand Helena nähert und ihr um die Hüfte greift, sie aus dem Gleichgewicht bringt. Ich sehe, wie vor den Bus fällt und sie stirbt. Ich träume von ihren Augen, die so traurig und überrascht sind. Sie hat den Täter gekannt und mir kommt es auch so vor." Paul mußte sich zusammennehmen um nicht in Tränen auszubrechen.

„Wenn es Wesenberg nicht war, wer war es dann?"

„Ich habe doch gesagt, das ich es nicht weiß. Vielleicht war es Schmidt, oder derjenige den sie den Sachsen nennen. Wer weiß! Aber ehrlich gesagt, glaube ich daran auch nicht, aber mir scheint das es eher dieser Ronald Schmidt gewesen sein könnte."

„Dann machen wir endlich, was wir tun müssen!" Thomas

schnellte aus dem Sessel und war mit wenigen Schritten an der Tür.

„Und was wäre das?"

„Wir legen gleich alle Kerle um!" Paul sah in Thomas Augen, sah Haß und Wut. Vielleicht würde er das machen, was er eben gesagt hatte. Aber das war nicht gut.

„Du kannst doch nicht einfach durch die Gegend rennen und Leute umbringen!" Paul hielt Thomas an seinem Ärmel fest.

„Wir wissen doch beide, daß es sein muß und auch, das einer von den Dreien es gewesen ist. Außerdem ist es mieser Abschaum!"

„Es sind Menschen, Thomas. Abartiger Abschaum, da hast du recht, aber es sind und bleiben Menschen und die kann man nicht so einfach töten. Wenn wir es so wie die machen, dann gehören wir auch zu denen und damit könnte ich einfach nicht leben. Wir müssen Beweise sammeln und sie der Polizei übergeben, dann können wir nur hoffen, daß sie die gerechte Strafe bekommen!" Paul war davon nicht überzeugt, aber er sah keine andere Möglichkeit.

„Du hast doch selber gesagt, daß es einer von den Dreien gewesen ist, also verlieren wir keine Zeit." Thomas wollte sein Zimmer verlassen, doch Paul hielt ihn noch einmal davon ab.

„Wir töten sie nicht, in Ordnung?" Paul war in einem Zwiespalt, stimmte Thomas aus ganzem Herzen zu, aber er war auch seinem Gewissen verantwortlich.

„Na gut!" sagte Thomas mit einem tiefen Seufzer und verließ mit Paul das Zimmer.

Es war schon Abend und ein recht starker Wind vertrieb die Hitze des Tages. Er pfiff geräuschvoll durch das Geäst der Bäume, die dicht an dicht einen Wald in der Nähe der Autobahnraststätte Waldberg bildeten. Martin und Ronald lagen in einer Mulde im Wald und beobachteten den regen Feierabendverkehr auf der Autobahn. Der große Parkplatz der Raststätte war überfüllt und Dutzende von Menschen gingen in das Restaurant oder in den Schnellimbiß.

„Ist ja ganz schön überlaufen!" Martin flüsterte, obwohl der starke Lärm des Fahrzeugverkehrs auf der Autobahn es nicht zuließ, daß sie von jemandem belauscht wurden. Ronald nickte nur kurz und sah über den Parkplatz zur Tankstelle. Dort standen die Autos regelrecht Schlange und der junge Mann frohlockte mit einem ordentlichen Beutezug. Martin und Ronald nahmen nicht das ältere Paar war, daß über einen Waldweg auf sie zu kam. Es war zu laut um etwas anderes als die Autos zu hören. Vertrocknete Äste knackten hinter ihnen und sie bemerkten es nicht. Rein zufällig wendete Martin sein Blick zur Seite und erschrak. Er schüttelte Ronald kräftig an der Schulter, der es mit einem derben Fluch quittierte.

„Halts Maul!" zischte Martin ihn an. Er duckte sich tiefer in die Mulde und drückte Ronalds Kopf herunter. Das Paar hatte sich genähert, lief nur wenige Meter an ihnen vorbei. Sie wagten nicht aufzusehen, ständig mit der Angst im Genick gesehen zu werden. Ronald ließ einen fahren und das Paar sah in ihre Richtung. Sie gingen aber weiter und waren nur wenig später hinter einer Biegung des Weges verschwunden.

„Biste bescheuert! Zündest hier eine Rakete und denkst das hört niemand! Dummes Arschloch!"

„Ja, ja!" Ronald reckte seinen Kopf in die Höhe. „Wir sollten hier lieber schleunigst verschwinden, bevor die wiederkommen und uns auf die Eier gehen." Ronald und Martin sprangen auf und machten sich auf den Heimweg, beobachtet von dem älteren Paar, daß hinter einer riesigen Eiche stand und sanft lächelte.

Paul und Thomas ließen resigniert die Köpfe hängen. Jeder, der in Frage kam, hatte gesagt, daß er nichts gesehen hätte. Andere konnten sich wiederum an den Tag nicht mehr erinnern. Es war Nachmittag, der Wind frischte deutlich auf und brachte ein wenig Abkühlung von der großen Hitze, die in den vergangenen Tagen, in der Gegend herrschte. Paul schaute zum Himmel. Am Horizont waren schon erste Wolken zu sehen und am Abend würde Regen einsetzen, dessen war er sich sicher und ein fernes Grollen überzeugte ihn davon, daß ein Gewitter im Anmarsch war.

„Wir sollten lieber damit aufhören und gleich zur Sache kommen. Machen wir die Schweine endlich fertig." Thomas schien nervös zu sein. Er trat sich von einem Fuß auf den anderen und zupfte sich an den Hosenbund.

„Es sind doch nur ein paar noch!"

„So kommen wir doch nicht weiter. Niemand weiß etwas, hat irgend etwas gesehen. Ich weiß, daß die beiden üblen Kerle ihre Hände im Spiel hatten und deshalb mache ich sie fertig. Wenn du mitkommen willst dann ist es gut, wenn nicht, mache ich es eben alleine."

„Wir müssen sicher sein." sagte Paul kurz angebunden.

„Dann lasse dich nicht aufhalten." Thomas machte auf dem Absatz kehrt und verschwand. Paul wollte ihm noch etwas nachrufen, aber er ließ es dann doch bleiben. Er ging zu dem Haus, vor dem zwei Mädchen Federball spielten.

„Hallo!"

„Hallo!" kam von den beiden Mädchen fast einstimmig zurück. Sie hielten in ihrem Spiel inne, wußten nicht was der Junge von ihnen wollte.

"Könnt ihr euch noch an den Tag erinnern, an dem Helena Rohrbeck den Unfall hatte?" Pauls Frage ließ das Lächeln auf dem Gesicht der Mädchen erfrieren. Paul kannte sie als die besten Freundinnen Helenas und er konnte gut verstehen, daß ihnen dabei nicht zu einem Lächeln zumute war. Jessica Kaiser die kleinere der beiden gab ihm zuerst eine Antwort.

„Na klar!" Sie blickte dabei auf den Boden, wagte es nicht den Jungen anzusehen. Sie konnte sich noch gut an den Tag erinnern und sie würde es vielleicht nie wieder vergessen. Helena war ihre beste Freundin gewesen und von einem Tag auf den anderen war sie tot.

„Habt ihr irgend jemanden gesehen, der da nicht hingehörte. Einen Mann. Eine andere Person?"

„Nein, ich glaube nicht!" sagte Anne Werner, das andere Mädchen, die etwas fülliger wirkte. Sie strich nervös durch ihr kurzes braune Haar.

„Nein, da waren nur Kinder und eine Lehrerin, die aufpaßte."

„Aber nicht richtig, sonst wäre es nie zu dem Unfall gekommen!" dachte Paul und hütete sich davor es vor den beiden Mädchen zu sagen.

„Wißt ihr noch, wer neben Helena gestanden hat?" Paul glaubte nicht, daß diese Frage beantwortet werden würde.

„Aber ja! Ihr Bruder hat neben ihr gestanden!"

„Seid ihr da sicher?" Paul wollte es nicht glauben, zog seine Stirn in Falten.

„Natürlich!" sagte Jessica leicht angesäuert, da Paul ihr nicht glauben wollte.

„Vielen Dank!" Paul lächelte freundlich. In Gedanken versunken ging er zurück zu sein Fahrrad, daß noch an der Friedhofsmauer stand und machte sich auf den Heimweg.

Thomas zog an der Garagentür und versuchte sie aufzukriegen. Er zog so kräftig er konnte, doch die Scharniere ächzte zwar vor Belastung, hielten aber der Prüfung sicher stand.

„So ein Mist!" Der Junge schimpfte und trat enttäuscht gegen die Tür.

Er mußte aufpassen, daß niemand ihn sah. Denn das würde sein Vorhaben zum Scheitern verurteilen. Er ging auf die andere Seite der Garage, in der ein kleines Fenster eingebaut war. Mit dem leichten Druck seiner Hand auf der Scheibe stellte er fest, daß das Fenster nur angelehnt war. Ein hastiges Lächeln spielte um seinen Mund. Er öffnete das Fenster ganz und zwängte sich durch die winzige Öffnung, die ihm zuerst mehr Probleme bereitete als ihm lieb war. Doch mit ein wenig guten Willen schaffte er es bald. Es war dunkel in der Garage, nur von wenigen Stellen flutete Licht hinein. Der Geruch von Öl und Benzin kroch in seine Nase ein Geruch, den er jetzt gerne roch. Er Griff hastig nach einigen Behältern schüttelte und stellte sie, nachdem er festgestellt hatte, daß sie leer waren wieder zurück. Unter einer Werkbank, die in einer Ecke der Garage stand noch ein schwarzer Plastikkanister der bis zum Rand mit Benzin gefüllt war. Thomas freute sich. Er hatte gehofft, daß er eine brennbare Flüssigkeit finden würde. Er nahm den Kanister und stieg wieder durchs Fenster ins Freie. Thomas lief unbemerkt über den Hof. Sein Vater war nicht zu sehen und auch nicht seine Mutter. Auf den Nachbargrundstücken war kein Mensch zu erblicken. Thomas freute sich über die passive Unterstützung der Leute, die von seinem Absichten überhaupt nichts wußten, oder auch nur ahnten.

Paul grübelte während der Fahrt nach Hause immer noch darüber nach, warum Thomas ihm nicht gesagt hatte, daß er mit denselben Bus gefahren war wie Helena. Hatte er etwa Angst, daß er ihm Vorwürfe machte? Hätte er ihr helfen können? Fragen, die er nicht beantworten konnte. Vielleicht hätte Thomas Helena helfen können, dann hätte er eine kräftige Tracht Prügel verdient. Doch Paul durfte nicht zu hart mit ihm sein. Der Junge sah gewaltige Wolkenmassen am Horizont aufziehen und aus der Ferne grollte unwirkliches Donnern. Paul trat kräftiger in die Pedalen. Doch nach einen kurzen Sprint bremste er das Fahrrad völlig ab. Ohne groß zu überlegen wendete er. Warum machte ihm Thomas etwas vor? Er mußte es wissen. Helmut saß in einem Liegestuhl und ließ es sich gutgehen. Er hatte seine Augen geschlossen, nahm nicht in seiner Umgebung war und ignorierte das ferne Grollen. Obwohl er sich vorgenommen hatte weniger Alkohol zu trinken, nahm er einen großen Schluck aus der Halbliterflasche Wodka, in der nur noch ein kleiner Rest übrig war. Er hatte den Zeitpunkt verpaßt, an dem er kurz entschlossen mit dem Trinken aufhören konnte. Der Schnaps war sein einziger wirklicher Freund auf dieser Welt, er starb nicht, half ihm über jeden Kummer hinweg und was noch wichtiger war, er widersprach nicht. Er saß im Schatten und die Temperaturen waren recht angenehm. Er hatte dabei erhebliches Glück, daß ihm die Sonne nicht den Verstand benebelte. Helmut dachte an nichts bestimmtes. Ihm fiel es schwer sich auf eine Sache zu konzentrieren. Gedankenfetzen flogen in seinem Innern an ihm vorbei. Mal war es Susi, die ihn verliebt ansah. Mal Helena wie sie lachte. Dann wieder Thomas, der schmollend in der Ecke saß und sich selbst bemitleidete. Immer wenn er den Jungen sah's ah dieser aus, als würde er etwas aushecken. Einen Streich oder was sonst noch für eine Tat. Der Junge war ständig unterwegs und wenn er sich mit ihm unterhalten wollte, ließ er ihn eiskalt abblitzen. Mußte er sich das von seinem Sohn gefallen lassen? Nein, auf gar keinen Fall. Er war der Vater und er hatte sich wohl ein bißchen Respekt verdient. Er hörte ein Rascheln hinter der Garage. Einordnen konnte er es jedoch nicht. Kalter Schweiß tropfte ihn auf seine Hose. Er beugte sich nach vorne um sehen zu können, von wem das Rascheln verursacht worden sein konnte. Seine Beine drückten den Stuhl nach hinten weg. Helmut kam ins straucheln, fiel nach vorn über und landete der Länge nach ins trockene Gras. Er fühlte sich schwer und es kam ihn vor, als wäre er nicht hingefallen, sondern die Erde aufgestanden. Die ganze Wiese war aufgestanden und hatte ihn ins Gesicht geschlagen. Helmut blieb gelassen. Er schimpfte nicht, fluchte nicht. Es war alles so egal. Es war schön hier auf der Erde. Er wollte auf dem Rasen liegenbleiben und schlafen. Schlafen und das schöne Wetter genießen.

Martin und Ronald liefen zurück. Sie gingen über einsame Feld- und Waldwege zurück nach Haus. Beide schwiegen eine Zeit lang. Das Auftauchen des älteren Paares hatte sie verunsichert. Sie waren sich nicht sicher, ob sie unbehelligt geblieben waren. Martin brach als erster das Schweigen.
„Wir sollten die Sache lieber abblasen." Er war ruhig, sah nicht einmal zu seinem Freund herüber.
„Ach so!? Ich wollte dir nur mal sagen, daß wir so gut wie keine Kohle mehr haben. Wenn wir uns nicht bald etwas besorgen, dann geht es mit uns bergab!" Ronald gestikulierte wild und auch seine Aussprache war ziemlich feucht. Martin hielt einen größeren Abstand um nicht seine Spucke abzubekommen.

„Das ist mir auch klar. Wie wäre es denn, wenn wir uns mal richtige Arbeit suchen würden?" Sie sahen sich beide an. Ronald war überrascht. Auch Martin begriff erst jetzt was er da gesagt hatte. War es wirklich sein Ernst?

„Nee!" sagten beide gleichzeitig und lachten lautstark los. Sie mochten es lieber so, wie es war. Freiheit dorthin zu gehen wo es ihnen paßte. Das zu machen wozu sie Lust hatten und nach keiner Pfeife zu tanzen. Sie würden einen anderen Ort finden, von dem sie sich das nötige Geld beschaffen konnten. Es gab so viele und die Auswahl war schier unerschöpflich.

„Ihr werdet mir kein zweites Mal in die Quere kommen!" Der Kanister vibrierte in Thomas zittriger Hand. Die Luft war klar und er hatte das unbändige Verlangen, mit dieser kniffligen Geschichte endgültig Schluß zu machen. Er bahnte sich seinen Weg durch das beinhohe Unkraut. Er fluchte leise vor sich hin, als ihm die unvermeidlichen Brennesseln die Beine verbrannten. Er hätte sich, trotz der Wärme, lieber eine lange Hose anziehen sollen. Statt dessen half ihm die kurze Shorts nicht viel. Sein finsterer Blick suchte nach den beiden jungen Männern, auf die er es abgesehen hatte. Sie waren nicht da. Glück für sie, denn Thomas wußte genau, daß sie dieses mal ihre Hinterlistigkeit sehr teuer bezahlen würden. Er schlich sich zu dem baufälligen Bretterschuppen in dem sich die Kerle besonders gerne aufhielten. Thomas wußte nicht warum das so war, ahnte aber, daß sie dort etwas versteckten. Immer wieder blieb er zwischen den hohen Unkrautpflanzen hängen. Er fluchte, zog die Beine stärker nach. Der Benzinkanister wippte in seiner Hand hin und her. Verlagerte seinen Inhalt von einer Seite zur anderen. Er öffnete den Kanister und der stechende Geruch des Benzins kroch unwiderstehlich in seine Nase. Der Wind wurde stärker und Thomas ging in den Schuppen. Da drin war es stickig und das Sonnenlicht warf ihre Strahlen durch die schmalen Ritzen in den Wänden.

In dem Schuppen war es schmutzig. Bierdosen und Flaschen lagen verstreut auf dem staubigen Boden. Thomas schüttelte angeekelt den Kopf. Seine Hände zitterten, zögerten aber nicht den Griff zu dem Kanister hinaus. Er schüttete den Inhalt gegen die Bretterwände. Ringsherum. Er drehte sich dabei im Kreis. Grub mit den Hacken der Schuhe ein kleines Loch in den sandigen Boden. Thomas grinste vor sich hin und mit keinem Zucken in seinem Gesicht konnte man erkennen, daß er ein Streichholz anzündete und es im hohen Bogen gegen die, in das Holz eindringende Flüssigkeit warf. Das Feuer breitete sich in Windeseile aus. Die Flammen jagten sich gegenseitig, waren voller Tatendrang, das Holz zu verzehren. Thomas sprang triumphierend ins Freie. Er spürte die frische, angenehm kühle Luft auf der Haut. Der Wind wehte in heftigeren Böen, ließ das Feuer im Schuppen immer stärker wüten. Thomas wirkte emotionslos. Obwohl er ein Grinsen zwischen den Mundwinkeln hatte, spürte er wenig Freude, keinen Stolz oder auch nur die geringste Genugtuung. Leere nahm sein Innerstes in Besitz und er schüttelte den Kanister. Er war noch gut bis zur Hälfte gefüllt und sein Blick fiel auf das Haus, das so ungepflegt vor ihm stand. Der Junge rannte zur Tür griff zur Klinke und war nicht darüber verwundert, daß sie verschlossen war. Er trat mit dem rechten Fuß dagegen und ein dumpfer Knall bestätigte ihm, daß sie keinesfalls gewillt war leicht nachzugeben. Er trat noch einmal dagegen, merkte aber bald, daß es keinen Sinn hatte. Die Tür hielt seinen Tritten stand. Das Lächeln in seinem Gesicht verschwand, wich dem Ausdrucks des Zorns, der sich dem Jungen bemächtigte. Er schüttete Benzin dagegen und zündete es gleich an. Thomas lief zu dem einzigen Fenster in der Rückfront und schlug es mit dem Kanister ein. Glas splitterte und fiel in das innere des Hauses. Thomas sah hinein und bekam die Küche zu Gesicht. Er sah nach rechts und nach links, kletterte hinein.

Paul bremste stark ab und stieg, kaum das er zum stehen gekommen war, vom Fahrrad. Das Tor stand offen, doch es war weit und breit niemand zu sehen. Er ging auf den Hof, hielt Ausschau nach Thomas. Sein Puls raste. Er schnappte gierig nach Luft, versuchte sein rasendes Herz zu beruhigen. Wo war er denn nur? Paul hörte jemanden rufen. Es war nicht deutlich zu verstehen. Es glich mehr ein Lallen als eine ordentliche Sprache. Der Junge ging um das Haus und sah Helmut Rohrbeck, der der Länge nach hingefallen war.

„Oh Scheiße, die ganze Welt dreht sich im Kreise!" sagte Helmut. Er versuchte immer wieder aufzustehen, doch dies scheiterte immer wieder an seiner Balance. Paul lief zu ihm und Rohrbecks wußte im ersten Moment nicht einmal wo er war und wer ihm da zu Hilfe geeilt war.

„Kommen Sie, ich helfe Ihnen Herr Rohrbeck!" sagte Paul höflich, obwohl er diese Sauferei haßte. Er mochte nicht, wie sich die Leute danach benahmen. Herumlallten und andere Leute anpöbelten.

Vielmehr würde er diesen Kerl lieber eins in die Schnauze hauen. Ihm war danach zumute und vielleicht hätte er es auch getan. Aber er hatte vor ihm Respekt. Nicht deswegen, weil er derjenige war, der er war. Sondern deshalb, weil es Helenas Vater war. Paul packte Rohrbeck am Arm und zog ihn kraftvoll hoch.

„Müssen Besoffene immer so schwer sein?" Er stellte diese Frage leise an sich selbst gerichtet. Tatsächlich glaubte er, das dem so war und mit ein wenig Anstrengung, bekam er ihn auf die Beine.

„Thomas? Gut das du da bist! Ich habe schon nach dir gesucht." Helmut Rohrbeck schwankte, sah Paul mit blutunterlaufenen Augen an.

„Ich bin nicht Thomas, sondern Paul!" Der Junge brachte den Mann zum Stuhl zurück und ließ ihn darauf nieder.

„Wo ist Thomas?" Helmut versuchte klarer zu klingen. Er gab sich Mühe, sich nicht vom Alkohol unterkriegen zu lassen.

„Keine Ahnung! Ich dachte, er wäre hier?" Paul nahm Rohrbeck nicht so ganz ernst. Thomas konnte sich im Haus aufhalten und der Kerl wußte nicht einmal davon.

„Der wird sich wieder sonstwo herumtreiben. Ich glaube ich werde nie wieder ein Schluck Alkohol trinken." Rohrbeck zitterte am ganzen Körper und übergab sich geräuschvoll neben den Stuhl. „Oh Scheiße, ist mir schlecht!" Er übergab sich noch einmal.

„Kotz ' dir nur die Seele aus dem Leib. Du hast es verdient!" Paul war emotionslos. Er sah sich lieber in der Gegend um. Sollte sich Rohrbeck beschissen fühlen, daß war ihm egal. Wer saufen kann, der muß auch Kotzen können. Ein Geruch kroch ihn in die Nase. Rauch! Er drehte sich blitzschnell nach allen Seiten um. Der Gestank wurde intensiver, doch er sah nicht, aus welcher Richtung er kam. Doch dann nahm er die die helle Rauchwolke war, die sich vom Nachbargrundstück in den Himmel empor kräuselte. Hinter all dem Unkraut und Büschen sah er die züngelnden Flammen, die sich geräuschvoll durch das trockene Holz eines Schuppens fraßen. Er hatte das Knacken und Knistern des Feuers gehört, hielt es aber eher für die Taten des Windes, der dessen Kraft noch mehr steigerte.

„Feuer!" schrie er aufgeregt und Thomas kam ihm in den Sinn. Hatte er das Feuer womöglich gelegt? Wollte er sich dadurch an diese Gauner rächen?

„Feuer!?" Helmut schien blitzartig nüchtern geworden zu sein. Er rannte kreuz und quer über sein Grundstück, gleich einem aufgescheuchtem Huhn, daß sich nicht beruhigen konnte. Paul winkte nur beschämend ab. Er rannte auf das Nachbargrundstück. Vielleicht konnte er noch das Schlimmste verhindern.

Ronald und Martin erreichten wenig später den Dorfrand von Waldberg. Martin war außer Atem und er keuchte. Seine Beine schmerzten, waren schwer wie Stein. Er verfluchte die Tage, an denen er lieber vor dem Fernseher saß und nichts für seine Fitneß tat. Ronald dagegen schien es wenig auszumachen. Er pfiff sogar noch ein Liedchen.

„Nächstes mal fahren wir mit dem Taxi!" Martin pfiff geräuschvoll die Atemluft heraus. In der Luft hing ein schwacher Duft von Rauch. Die jungen Männer nahmen wenig Notiz davon, da es auf dem Dorf nach viele Öfen gab und einige Leute abgetrocknetes Gras verbrannten. Sie kamen näher an Wesenbergs Haus. Der Rauch wurde stärker und eine dichtere Nebelwand hing in der Luft. Wesenberg stutzte. Er hatte ein ungutes Gefühl in der Magengegend. Sie kamen am letzten Nachbargrundstück vorbei. Was Martin und sein Freund da sahen, konnten sie einfach nicht glauben.

Paul irrte auf dem Wesenberggrundstück hin und her. Der auf dem hinteren Teil des Hofes stehende Schuppen brannte lichterloh und die hochzüngelnden Flammen stießen hellen Rauch empor. Aus dem inneren des Hauses hörte er dumpfe Geräusche. Thomas befand sich wie im Rausch. Er verschüttete den Rest des Kanisters in den Räumen des Hauses. Bretterfußböden. Zum Glück für ihn. Zum Pech für den Besitzer. Er riß Regale um, Schränke, Tische und Stühle. Alles was brennbar war. Was war das nur für ein Gefühl? Unbeschreiblich! Zerstörungswut packte ihn. Er schrie lauthals los, warf den leeren Kanister gegen die Wand.

„Arschlöcher!" Ein Streichholz blitzte in seiner Hand auf und der Funke sprang schnell auf die brennbare Flüssigkeit über. Das Feuer dehnte sich blitzartig aus, züngelte sich an den Wänden entlang. Mittendrin stand Thomas und tanzte. Noch tat er es eigenem Antrieb, doch Sekunden später heizte ihn das Feuer schon mächtig ein. Er sah sich dem Flammen direkt ausgesetzt drehte sich nach allen Seiten. Überall nur Feuer und Rauch. Thomas hustete, hielt seine geschlossenen Hand vor den Mund. Ihm wurde zunehmend schwindlig. Seine Sinne begannen zu schwinden.

„Scheiße!" schrie er, aber der Schrei war mehr ein Krächzen. Seine Augen brannten und die

Tränen liefen die rußbeschwärzten Wangen hinab. Was hatte er da nur getan? Sollte er durch seinen eigene Schuld Zugrunde gehen? Er versuchte mit kraftlosen Beinen zur Tür zu kommen doch das Flammenmeer versperrte ihn den Weg.

Paul versuchte durch den dichten Qualm etwas zu erkennen. Unter seinen Schuhsohlen knirschte zerbrochenes Glas. Der Rauch biß ihm in der Nase. Schnell nahm er ein Taschentuch aus der Hosentasche und machte es unter dem Wasserhahn der Küchenspüle feucht, hielt es sofort vor Mund und Nase. Er kniete sich ab. Von unten konnte er mehr erkennen und bewegte sich vorsichtig nach vorne. Die Flammen züngelten von allen Seiten und durch eine Lücke konnte er etwas dunkles erkennen, daß die Ähnlichkeit von Schuhen hatte. Er glitt weiter nach vorne und griff danach.

Martin schlug die Hände über den Kopf zusammen. Sein Herz raste und er konnte einfach nicht glauben, was er dachte. Brannte da wirklich sein Haus? Er rannte los. Ronald sah überrascht drein. Er wußte noch nicht, was sein Freund ahnte. Er folgte Martin, ohne auch nur ein Wort zu sagen.

Helmut roch jetzt auch etwas Merkwürdiges. Er konnte es nicht richtig einordnen, da er ziemlich betrunken war. Er schüttelte heftig den Kopf, schlug sich eins, zweimal ins Gesicht und versuchte so einen klareren Gedanken fassen zu können. Es half tatsächlich. Aber seine Schuhsohlen schienen doch noch etwas rund zu sein. Jedenfalls brauchte er fast die ganze Rasenbreite um an den Nachbarzaun zu gelangen. Es war ein weiß gestrichener Bretterzaun, der schon bessere Tage erlebt hatte. Die Farbe blätterte ab und die Holzlatten waren morsch. Sie rissen aus den Nägeln, als er sie berührte. Er versuchte trotzdem herüber zu klettern und genau das hätte er lieber lassen sollen. Das ganze Zaunfeld knackte, knirschte und fiel in sich brechend zusammen. Helmut fiel lallend mit den gebrochenen Holzlatten in das hohe Unkraut, daß auf dem Wesenberggrundstück stand.

Martin sah wie Rohrbeck mit samt dem Zaunfeld auf seinen Hof fiel. Wutentbrannt lief er zu dem lallenden Mann und schrie ihn entgeistert an.

„Du besoffene Sau hast mein Haus angezündet. Ich schlage dich tot!" Er trat mit der Fußspitze gegen den am Boden liegenden. Helmut kauerte auf der Erde und stöhnte vor Schmerzen auf.

„Komm, laß den Sack da liegen. Vielleicht können wir den Schaden irgendwie in Grenzen halten." Ronald zog Martin an den Schultern zurück.

„Du hast recht! Später haben wir immer noch Zeit den Kerl fertig zu machen." Die beiden jungen Männer eilten an die fordere Giebelseite des Hauses und öffneten den Wasserhahn, der dort installiert war. Ronald nahm den langen Schlauch, den sie erst vor einer Woche hier angebracht hatten und lief zur Rückseite, zu dem Fenster, aus dessen Öffnung der meiste Rauch kam. Er hielt den Schlauch einfach hinein. Er sah nicht, wo sich die Flammen entlang züngelten. Einfach nur hinein. Von geringer Entfernung hörte er die Sirene, die den Feuerwehrleuten die schlechte Nachricht kundtat. Martin kam angelaufen und an seiner Miene konnte man die Angst um sein Haus und die Erleichterung, daß jemand bereits die Feuerwehr informiert hatte, ablesen. Martin nahm Ronald den Schlauch aus der Hand und hielt ihn noch etwas tiefer in die rauchende Fensterhöhle. Schweiß perlte ihn von der Stirn, auf der sich schwarzer Ruß abgesetzt hatte und von seiner zittrigen Hand verschmiert wurde. Ronald rannte zur Haustür und versuchte sie aufzubrechen. Er trat mit großer Wucht dagegen. Sie ächzte jedoch nur und bewegte sich nicht.

„Laß den Quatsch! Nimm dir lieber eine Schaufel und versuche es mit Sand." Ronald eilte davon und kam Sekunden später mit einem Spaten zurück, grub ihn tief in den festen Erdboden und warf einen Klumpen Sand in die Öffnung des Fensters.

Thomas spürte, wie er den Halt verlor und auf den Holzboden fiel. Irgend etwas hatte ihn an den Beinen gepackt und zog ihn mit ganzer Kraft über die Bretter. Er schlug mit Armen und Beinen um sich, wehrte sich so gut er konnte. Er versuchte zu atmen, doch der Rauch brannte in seiner Kehle, wie das Feuer das er angezündet hatte. Seine Kraft erlahmte. Was immer es auch war, daß an seinen Beinen zog. Er konnte es nicht verhindern.

Paul hatte seine liebe Mühe und Not, Thomas von Beinen zu holen. Er bekam einen Hieb, mit dem Schuh, direkt an seine Wange. Er stöhnte ein wenig wütender werdend und zog deshalb heftiger. Paul versuchte an das hintere Fenster zu gelangen. Er sah hoch, stellte zu seiner großen Erleichterung fest, daß es geöffnet war. Erstieg auf das Fensterbrett, über das er auch den fluchenden Thomas zog. Wie zwei nasse Säcke fielen sie ins Freie, sogen mit wilden Atemzügen frische Luft in sich hinein.

„Oh Scheiße, Mann! Das war knapp!" Pauls Hals schmerzte und

in seinem Kopf hämmerte, wie wild, ein Schmied auf seinen Amboß ein.

„Ja, das war es. Danke, das du mich herausgeholt hast!" Thomas hustete etwas gequält.

„Das war das geringste Problem. Die größeren Schwierigkeiten bekommst du noch."

„Ach, quatsch nicht so ein blödes Zeug. Du freust dich doch sicher auch darüber, das ich hier die Dinge in die Hand genommen habe. Jetzt müssen die Kerle weg von hier, ob sie wollen oder nicht."

Thomas sah auf.

„Ich glaube, wir müssen hier erst verschwinden, sonst haben die uns gleich am Arsch." Wortfetzen flogen zu ihnen herüber. Von irgendwoher näherte sich jemand. Paul und Thomas stoben auf und waren blitzschnell verschwunden.

Helmut saß zu Hause auf seinem Sofa und rieb sich die Müdigkeit aus den Augen. Er hatte sich irgendwie bis dahin geschleppt und war bis vor wenigen. Augenblicken in einen tiefen Schlaf versunken gewesen. Er warf die Decke beiseite, mit der ihm seine Frau zugedeckt hatte. Helmut reckte sich, testete wie er sich fühlte und spürte einen derben Scherz in der Hüftgegend. Vorsichtig hob er das schmutzige T-Shirt an, sah den großen dunklen Fleck, der nichts Gutes heraufbeschwor. Wie konnte er sich nur so eine Verletzung zuziehen? Die meisten Erinnerungen waren dem Alkoholrausch zum Opfer gefallen, waren verloren im dunkelsten Ecke des Gehirns. Er zog das T-Shirt aus, ging zu dem großen Spiegel der im Flur hing und besah sich seinen Oberkörper von allen Seiten. Helmut überlegte erneut. Er mußte irgendwo ungünstig gefallen sein. Paul war da. Der Junge hatte ihn aufgeholfen. Weil er vom Liegestuhl gefallen war.

„Oh ja, der Liegestuhl. Ich muß das ganze Zeug noch aufräumen." Er besah sich noch einmal seinen schmerzhaften dunklen Fleck warf sein Hemd in den Wäschekorb, der im Flur stand, und ging nach draußen. Er freute sich auf die frische Abendluft und einen kühlen, erfrischenden Wind der ihm, im Kopf, etwas klarer werden lassen sollte. Doch dem war nicht so. Rauch hing in der Luft, ließ ihn seine Nase rümpfen. Er ging auf den Hof, sah den Liegestuhl und die Flaschen darum. Seine Hände zitterten und sein Herz schlug in unregelmäßigen Abständen. Das ferne Grollen des Gewitters kam näher vielleicht würde es sie verschonen, an sie vorbeiziehen. Helmut hob die Flaschen auf und schüttelte den Kopf. Die Sauferei ging ihm auf den Sack. Übelkeit stieg in ihm auf. Er hatte einige Mühe sich zu beherrschen sich nicht auf die Füße zu kotzen. Aus den Augenwinkeln sah er, das etwas, in der Umgebung anders war. Er sah genauer hin. Der Zaun war zerbrochen und aus den Fenstern des Nachbarhauses stieg Rauch. Er sah abwechselnd vom Haus auf das Haus und ihm fiel alles plötzlich wieder ein. Er war auf den Zaun gestürzt, als er rüberklettern wollte. Wesenberg hatte ihn mit Fußtritten malträtiert, hörte nur damit auf, weil jemand sein Haus angezündet hatte und er versuchte zu retten, was zu retten war. Bei dem Gedanken schmerzte seine Seite und er hielt sich an der Stelle an der die Schmerzen am größten waren. Wesenberg und Schmidt saßen mit hängenden Schultern, nebenan, im Gras und waren ziemlich bestürzt. Sie taten Helmut in diesem Moment regelrecht leid. Ronald drehte sich um. Er warf Helmut einen eisigen Blick zu. Sein Gesicht war vom Rauch geschwärzt, wirkte müde und ausgezehrt. Martin zögerte etwas. Sein Unterkiefer hing schlaff herunter. Als er jedoch Helmut Rohrbeck sah, wurde sein Gesicht aschfahl. Die Augen zu Schlitzen zusammengezogen, stand er auf und ging auf Rohrbeck zu. Er atmete heftig, wischte den Schweiß von der Stirn.

„Alles ist ruiniert. Mein Haus ist abgebrannt und ich weiß nicht, wo ich jetzt schlafen soll! Sind sie jetzt zufrieden? Sind sie mit dem zufrieden, was sie angetan haben, oder wartet noch eine Abscheulichkeit auf mich?" Wesenberg stand seelenruhig da. Schmidt lauert im Hintergrund und sah den beiden anderen zu.

„Tut mir leid! Aber wenn ich die Wahrheit sagen soll, muß ich gestehen, daß mir das scheißegal ist. Es stimmt mich auch ein wenig nachdenklich, daß du nicht im Haus gewesen bist." Rohrbeck mußt es sagen, wie es war. Er haßte nun einmal diesen perfiden Kerl.

„Warum wollen sie mich umbringen?" Wesenberg schien seinen Gegenüber mit seinen Blicken zu durchdringen.

„Umbringen? Quatsch!" War denn Wesenberg ganz durchgedreht?

„Sie haben doch das Feuer gelegt um mich aus dem Weg zu räumen. Zum Glück war ich nicht da, sonst hätten sie es womöglich auch geschafft." Wesenberg ballte die Hände zu Fäusten und öffnete sie wieder.

„Willst du dummes Arschloch dich über mich lustig machen? Ich habe kein Feuer gelegt und an ein solch fieses Schwein, wie du eines bist, mache ich mir die Hände erst gar nicht schmutzig." Rohrbeck wußte nicht auf was Wesenberg hinauswollte. Wesenberg sagte gar nichts. Er sah Rohrbeck nur mit zusammengekniffenen Augen an und schien über etwas nachzudenken.

„Wer war es dann?" fragte Wesenberg, mit leichter Unsicherheit in seiner Stimme.

„Ich auf jeden Fall nicht! Vielleicht hast du es selber getan. Zuzutrauen wäre es dir." Helmuts Seite begann wieder zu schmerzen. Es war ein pochender Schmerz, der ihn das Atmen erschwerte. Plötzlich wußte er, wer ihn so zugerichtet hatte. Wesenberg. Er hatte ihn, auf der Erde liegend, mit dem Fuß getreten. Es konnte sich nur schemenhaft daran erinnern. sein Kopf war schwer und die Schwüle des Tages verwirrt ihn etwas. Innerlich baute sich eine starke Wut auf, die er nur mit großer Anstrengung Widerstehen konnte. Er hätte mit Sicherheit Wesenberg schaffen können. Der war ja um einen halben Kopf kleiner als er selber und wesentlich schmächtiger, aber gegen zwei sah er keine so große Chance.

„Quatschen sie nicht so ein dummes Zeug. Wenn sie es nicht gewesen sind, wer war es dann?" Martin glaubte auch nicht daran. Er hatte eher den Verdacht, daß es Thomas Rohrbeck gewesen war.

Ihn hatte er jedoch am heutigen Tag jedoch noch nicht gesehen. „Keine Ahnung!" Helmut war die Sache zu dumm. Er drehte sich, ohne ein Wort weiter zu sagen, um und ging zurück um sein Hof aufzuräumen. Wesenberg sah dem Mann hinterher. Er hatte ihn nur auf dem Zaun liegen sehen, sonst nichts. Er sah nicht wie er irgend etwas machte, was ihm selber schaden konnte. Martin hatte keine andere Wahl, als Rohrbeck zu glauben. Die beiden jungen Männer sahen sich an und sagten kein Wort. Ohne weiter auf die Begegnung einzugehen drehten sie sich um und gingen zurück zum Haus, wo sie gleich ihrerseits mit Aufräumungsarbeiten begannen und noch bis spät in die Nacht fortsetzen wollten.

Paul und Thomas saßen auf dem Stamm einer großen umgestürzten Kiefer. Hier fühlten sie sich einigermaßen sicher. Jedenfalls sicherer, als in den Orten in denen sie wohnten. Sie hatten sich nicht umgedreht liefen einfach nur vor sich hin, bis sie an eine Stelle des Waldes kamen zu der in den seltesten Fällen jemand kam. Thomas nieste, holte ein Taschentuch aus der Hosentasche und putzte sich damit die Nase.

„Gesundheit!" sagte Paul höflich. Obwohl er nicht gerade in der Stimmung war, es auch so zu meinen.

„Danke!"

„Mit der heutigen Sache bist du aber voll in die Scheiße getreten. Was ist, wenn der Scheißkerl die Bullen ruft?"

„Quatsch mit Soße! Der wird sich hüten. Wenn der die Polizei von weiten sieht, zieht der schon den Schwanz ein. Die Abreibung wird der sein Leben lang nicht vergessen." Obwohl ihm noch der Kopf schmerzte, fühlte sich Thomas gut. Er hatte endlich etwas getan und das war etwas, was zählte.

„Darum geht es doch gar nicht. Ich hasse diese Kerle genauso wie du." Paul wiegte mit dem Kopf hin und her. „Vielleicht sogar noch mehr, aber dadurch werden sie vorsichtiger. Aber das ist auch egal. Ich bin mittlerweile zu der Überzeugung gelangt, daß Helenas Tod doch nur ein Unfall war. Es widerstrebt mir das zu sagen aber du mußt es doch am besten wissen." Paul sah in Thomas Augen. Doch er erkannte nicht den geringsten Hinweis auf Gefühle.

„Ja, du hast recht! Aber ich kann es einfach nicht hinnehmen, daß diese Verbrecher auf freien Fuß sind. Du weißt doch, was sie meiner Schwester antun wollten." Thomas wirkte nun niedergeschlagen, ließ seinen Kopf hängen.

„Ja, aber wir können doch nicht einfach ihre Häuser anzünden. Wir wären nicht besser als sie."

„Wenn man dir so zuhört, könnte man glauben, daß du Helena gar nicht gern gehabt hast."" Paul lief vor Zorn rot an.

„Du weißt doch überhaupt nichts. Du weißt doch gar nicht, wie ich mich fühle. Es vergeht kein Tag an dem ich nicht an sie denke. Ich versuche, einen Grund zu finden der mich davon abhält mich nicht an dem nächsten Baum aufzuhängen. Jeden Tag verfluche ich die Ärzte, die ihr nicht helfen konnten. Sie haben eine Schuld auf sich geladen, die ich nicht vergeben kann und die ich nicht vergeben will. Ich habe Helena geliebt, wie ich noch nie einen Menschen geliebt habe und ich liebe sie auch weiterhin. Die fiesen Trottel haben ihr weh getan und sie werden früher oder später dafür bezahlen, das verspreche ich. Aber wir machen das auf meine Weise und nicht auf deine." Paul pustete kräftig durch. Er brauchte einige Zeit, um sich zu beruhigen.

„Und wie sieht die aus?" fragte Thomas ungläubig. Er hatte nicht die geringste Ahnung, was Paul vorhatte. Er sah keinen Anhaltspunkt dafür.

„Was glaubst du, was wir vor einigen Tagen bei Wesenberg gemacht haben? Nur zum Vergnügen Faxen gemacht?"

„Das ist mir zu wenig!"

„Vertrau mir, nach und nach wird es mehr werden und die Säcke werden mit größtem Vergnügen in die Klapper gehen." Paul grinste, doch sein Lächeln blieb eiskalt. Thomas Einwände wurden dadurch vollständig beseitigt. Denn er wußte das diese Kälte erbarmungslos war.

Ronald und Martin lagen auf der Wiese hinter dem Haus. Das Gras war zwar hoch, aber durch die Feuerwehr und sie selber hinunter getrampelt. Sie waren erschöpft von der vielen, schweren Arbeit die der Brand des Hauses für sie hinterlassen hatte. In der Luft hing noch der Gestank des Feuers und grub sich für lange Zeit in ihre Nasen hinein. Es dämmerte immer noch vor sich hin und die Wärme des Tages verflüchtigte sich und machte Platz für angenehmere Temperaturen. Der Himmel zog sich allmählich zu. Dicke, schwarze Regenwolken kündigten Regen an. Das Grollen des Donners und die immer dichter zuckenden Blitze beunruhigten sie aber nicht. Aus den Augenwinkeln sah Ronald einen Lichtschein, durch die dunkle Höhle der offenen Haustür gleiten. Er sah noch einmal genauer hin, konnte aber nichts erkennen. Wieder bewegte sich etwas im Haus. Jetzt war es genauer auszumachen. Zwei Schatten schlichen von einem Zimmer ins andere. Leise Schritte bestätigten seine Vermutungen.

„Du, Alter! Sieh mal was da los ist!"
Doch als Antwort bekam er nur
einen lauten Schnarchlaut von
Martin zu hören. Er schüttelte ihn.
„Las mich in Ruhe, du Arschloch!"
sagte Martin schlaftrunken und
drehte sich auf die andere Seite.
Nach ein paar Momenten
schnarchte er wie zuvor und ließ
sich von nichts mehr stören.
„Leck mich doch am Arsch, du
Nülle!" Ronald winkte ab und
stand auf. Er ging auf die offene
Eingangstür zu, wo er vor kurzem
noch die Schatten gesehen hatte.
Es war schon dermaßen dunkel
geworden, daß man kaum etwas
erkennen konnte. Ein greller Blitz
zuckte vom Himmel herab. Zwei
pechschwarze Silhouetten
zeichneten sich zwischen Tür und
hinterem Fenster ab. Ronald
erschrak, als er sie sah. Doch so
schnell wie sie aufgetaucht waren,
verschwanden sie auch wieder.
„Wer ist da?" fragte Ronald mit
zittriger Stimme, die Angst vor
dem Unbekannten verriet. Doch es
antwortete niemand. Er ging
einige Schritt weiter vorwärts. Die
kühle Luft des Abends schmeckte
nach Rauch, erinnerte ihn daran,

daß er nicht noch weiter in das ausgebrannte Haus ging. „Wer ist da? Ich frage nicht noch einmal, wenn ihr nicht herauskommt, dann könnt ihr was erleben." Jemand berührte ihn, faßte ihn an seine linke Schulter. Er erschrak, fuhr herum und schlug mit der Rückseite seiner Hand zu. Martin war zu überrascht, als das er den Schlag seines Kumpels ausweichen konnte. Er kam von der Wucht des Schlages in wanken und landete unsanft im Gras.

„Aua! Was soll denn das nun wieder?" Seine Wangen glühte und brannte wie Feuer.

„Selber Schuld. Warum schleichst du dich auch von hinten heran!" Ronald schrie mehr als das er sprach, doch er drehte sich nicht um. Er sah in die dunkle Höhle, was einmal der Flur des Hauses gewesen war, und bewegte sich nicht.

„Da ist jemand drin!" Ronald war jetzt ruhiger.

„Wer?" fragte Martin neugierig. Er stand wieder auf und hielt sich die brennende Wange. „Keine Ahnung! Es sind zwei. Vielleicht Paul Forster und Thomas Rohrbeck."

„Na, dann laß sie uns aufmischen!" Martin stob nach vorne, wurde aber von Ronald aufgehalten.

„Laß mich los!" Martin versuchte sich loszureißen, doch er tat es vergeblich.

„Geh da nicht hinein. Ich habe ein laues Gefühl in der Magengegend."

„Quatsch, wir kaufen uns die Kerle." Ehe Ronald etwas dagegen unternehmen konnte war Martin schon im Dunkel des Hauses verschwunden. Ronald blieb zuerst zurück doch die ersten Regentropfen, die vom Himmel fielen, ließen ihn Martin folgen.

Helmut hatte den Hof aufgeräumt und wartete auf seinen Sohn. Die ersten Tropfen fielen vom Himmel und Gewitter kam mit kräftigen Getöse immer näher. Er machte sich Sorgen um Thomas. Machte sich darum Sorgen, daß ihm etwas passieren könnte. Wesenberg konnte ihm etwas antun. Irgend etwas, was Helmut sich lieber nicht vorstellen wollte. Was er aber nicht wahrhaben wollte, war das Thomas das Haus dieses Verrückten angezündet hatte. Er riskierte einen flüchtigen Blick auf das Nachbargrundstück, doch Wesenberg und sein Kumpel waren nicht zu sehen. Er hörte ein paar Fluche, die von den Beiden stammten. Sie klangen hohl und wurden vom Wind fortgetragen. Im Haus war es stockdunkel nur vereinzelt erhellten die Blitze des Gewitters die Räume, in denen sie sich gerade befanden. Wesenberg atmete schwer und wenn er es auch nicht zugeben würde, er hatte Angst. Er lauschte angestrengt, da er im Nebenzimmer etwas zu hören glaubte. Doch es schien eher einen Einbildung zu sein. Er setzte vorsichtig einen Fuß vor den anderen, schob das eine oder andere Mal Gegenstände beiseite, die nicht ganz vom Feuer verschlungen worden waren. Da war wieder dieses Geräusch. Ein Kratzen und Schlürfen, daß von seinem ehemaligen Schlafzimmer zu kommen schien. Er hob seine rechte Hand und gab Schmidt, der die ganze Zeit hinter ihm gegangen war, zu verstehen, daß er an seiner Seite gehen sollte. „Na wartet!" sagte er leise, mehr zu sich selbst als an die anderen gerichtet. Er stand vor der Tür dessen frühere Farbe man nur erraten konnte. Ein verkohltes Schwarz war der neue Anstrich, den sich das Feuer mit naiver Intelligenz ausgedacht hatte. Auf ein Handzeichen hin trat Schmidt gegen die Tür. Er tat es mit voller Wucht und die Härte des Trittes ließ das Schloß der Tür auseinanderbersten. Wesenberg stürmte als erster hinein, erwartete einen Angriff von jeder Seite. Aber nichts rührte sich. Es war niemand hier drin. Man konnte, wegen der Finsternis, nicht viel sehen aber das das Zimmer leer war, war ersichtlich. Wider war ein Kratzen zu hören. Diesmal kam es aus dem Flur durch den sie eben erst gegangen waren. Die beiden jungen Männer stürmten zurück. Doch auch hier wurden sie nicht fündig.

„Macht ihr Pfeifen euch über mich lustig?" brüllte Wesenberg in die Dunkelheit hinein. Seine Wut gegenüber den beiden Jungen wuchs. Obwohl er nicht wußte, ob es Thomas und Paul überhaupt waren. Er nahm es an und es schien alles auf ein Unglück hinzudeuten. Schmidt stand an

seiner Seite und er sagte kein
Wort. Ihm war das alles
unheimlich und er würde lieber
früher als später aus diesen Haus
verschwinden. Er sah wie Martin
schemenhaft gestikulierte. Seine
Hände flogen an Ronalds Gesicht
vorbei, berührten ihn aber nicht.
Martin rannte los. Er brannte vor
Wut und wollte irgend jemand
verprügeln. Er rannte durch die
Küche kam in den Flur zurück
seinen Oberkörper nach vorn über
gebeugt und die Augen weit
geöffnet. Das Kratzen kam zurück
und auch ein unheimliches
Klopfen, daß von überall her zu
kommen schien. Von einem
kleinen fast kaum hörbaren
Geräusch wuchs es an zu einem
Toben, das daß ganze Haus
erzittern ließ. Martin und Ronald
drehten sich im Kreis. Diese
Geräusche gingen ihnen auf die
Nerven. Wenn sie nur wüßten, aus
welcher Richtung sie kamen.
Wesenberg hielt inne, schien den
Ausgangspunkt des Klopfens
ausgemacht zu haben. Er lief, wie
schon vorher, los, um sich auf den
Unruhestifter zu stürzten. Aber
seine Aktivitäten wurden mit

unerbittlicher Härte jäh unterbrochen. Ein scharfer Aufprall schleuderte ihn nach hinten und er landete unsanft zwischen Asche und verkohlen Trümmer. In seiner Nase vermischten sich die Gerüche von Rausch und von Blut und nur mit großer Willensanstrengung konnte er eine Bewußtlosigkeit verhindern. Warmes Blut lief über sein kaltes, schmutziges Gesicht. Er richtete sich auf, wartete auf einen neuen Angriff des Gegners. Aber er sah niemanden, der ihn so zugerichtet haben könnte. Vor ihm erhob sich nur die schwarze Wand auf dessen dunkler Oberfläche, sich ein etwas hellerer Abdruck gebildet hatte. Er war gegen eine Wand gelaufen und sein Kopf hämmerte es ihm mit schmerzender Schadenfreude immer wieder ein.

Paul und Thomas hielten den Atem an. Wesenberg und Schmidt schienen wirklich Tomaten auf den Augen zu haben. Sie hockten in dessen Küche, oder das, was von ihr übriggeblieben war und warteten darauf das sie entdeckt wurden. Doch dem war nicht so. Statt dessen lief Wesenberg in der Küche im Kreis und sah sich nicht einmal um. Paul bewegte sich im Entengang auf die Küchentür zu, sah einige Augenblicke in den Flur und watschelte rasch zurück. Paul machte ein paar Zeichen und kletterte aus dem Fenster, geräuschlos gefolgt von Thomas der verkniffen lächelte. Es schien ihm Spaß zu bereiten und er würde es in vollen Zügen auskosten. Die Schmerzen in seinem Kopf schienen Wesenbergs Gedanken etwas klarer werden zu lassen. Er erinnerte sich nun an einen Schatten, der in der Ecke der Küche gekauert hatte, als er durch sie hindurchgelaufen war. Wie aufgezogen sprang er zur Tür bereit, sich auf jeden Gegner werfen zu können, wenn es unbedingt sein mußte. Er hatte seine Augen nur zu Schlitzen geöffnet, blitzte mit zornigem Blick. Hatte sie ihn gesehen? Inständig hoffte er, daß es nicht so war. Er schlich an den Tisch heran, versuchte seinen Körper so klein wie möglich zu machen. Der Tisch bot ihm eigentlich keine so große

Deckung, denn die Tischplatte war verbrannt und der Küchentisch stand nur mit seinem Metallgestell in der Mitte des Raumes. Ronald stand in der Türöffnung. Er stand nur da und wußte nicht, was sein Freund da veranstaltete. Martin wedelte mit seiner Hand, versuchte Ronald davon zu informieren, daß dieser sich endlich abduckte. Ronald zuckte nur mit den Achseln und verschwand hinter der Wand. Martin glitt vorwärts, in seinen Blickfeld nur Schwärze und zerbrochenes Geschirr, das unter seinen Tritten splitterte. Seine Hand schoß nach vorne in die Dunkelheit der Ecke. Er drückte seine Hand zusammen, versuchte einen der Eindringlinge zu würgen. Doch das einzige was er da zusammenpreßte war übelriechende Luft, die ihm gar nichts getan hatte.

„Scheiße!" zischte er unwillig und sprang wieder auf die Beine. Er beugte sich aus dem geborstenen Fenster lukte hinaus. Frischer Wind stob durch sein Haar. Erfrischte seinen belasteten Atem. Eine Böe blies ein Poltern an ihn

Poltern an ihn heran. Er schnellte herum, denn es schien aus dem hinteren Teil des Hauses zu kommen. Seine Wut wuchs, begleitete ihn durch die Räume ans andere Ende des Gebäudes.

Paul hatte ein Brett aufgenommen und schlug mit der Kante gegen die Häuserwand. Obwohl das Klopfen nicht gerade laut war, lächelte er triumphierend. Der Regen wurde heftiger, wusch den Schmutz aus ihren verrußten Gesichtern. Er schlug noch einmal gegen die Wand und schlürfte dann das Brett über den zerbröckelnden Putz. Thomas stand an der Ecke der Giebelwand und hielt Ausschau nach den beiden Männern. Er gab Paul das vereinbarte Handzeichen. Paul pustete. Er trat einen Schritt zur Seite und klopfte leise ans Fenster. Das Glas war teilweise zerbrochen. Der Junge konnte Hineinsehen, ohne sich auf Zehenspitzen zu stellen. Das einzige, was er jedoch Erblicken konnte, war die schwärze der Dunkelheit, die darin herrschte. Thomas winkte jetzt heftiger. Er bewegte sich schon auf den Hofzaun zu Und stieg darüber. Paul warf das Brett beiseite und wollte sich gerade umdrehen, da zersplitterte vor ihm mit ohrenbetäubenden Lärm die Fensterscheibe und ein brennender Schmerz durchwühlte seinen Kopf der, wie in einem Schraubstock, festsaß.

Ronald war um die Ecke gelaufen. Er hatte eine Bewegung wahrgenommen, hatte sie jedoch zuerst vor einen sich bewegenden Busch gehalten. Der Wind blies kräftig und es wäre durchaus zu verstehen gewesen. Wieder bewegt sich da etwas und sein Gang wurde automatisch schneller. Er reckte seinen Hals, versuchte etwas genaues erkennen zu können, mußte aber passen. In der Nähe des Zaunes, blieb er stehen. Er drückte, mit den Händen einige Sträucher beiseite. Nichts jedoch konnte er finden. Das Klirren von Scheiben flog an sein Ohr und seine geweiteten Augen starrten in die Finsternis.

Martin drückte so fest zu, wie er nur konnte. Seine Finger schmerzten, aber er nahm es kaum war. Die Wut hatte seine Gedanken völlig in ihrer Gewalt. Er wollte den Jungen wehtun. Seine Kehle solange zudrückten, bis aus ihm der letzte Funken Leben gewichen war. Er hatte gesehen wie Paul Forster an dem Fenster geklopft hatte. Der freche Bengel wollte ihm um den Verstand bringen. Ein Begehren, daß ihm durchaus gelungen war. Als er die Silhouette des Jungen erblickte hatte stieß er seine Hände durch die Scheiben. Es war ihm egal, ob ihm die Haut vor Schmerzen brannte. Es war ihm egal, daß sich sein Blut aus vielen Wunden seinen Weg nach draußen bahnte. Er drückte noch fester als Paul versuchte ihn abzuschütteln. Er atmete tief durch. Roch Rauch, Schweiß und Blut. Paul versuchte zu schreien. Doch jeder Laut blieb ihm in der Kehle stecken. Sein Hals schmerzte furchtbar. Jeder Versuch, den er unternahm, schien zum scheitern verurteilt. Er lehnte sich mit seinem ganzen Gewicht nach hinten. Die Arme, die sich um seinen Hals klammerten, traten weiter aus dem inneren des Hauses hervor. Ein Erfolg, der ihm neuen Mut machte. Er stemmte seine Füße gegen die Häuserwand, faßte seinen Gegner stärker an die Handgelenke und drehte sie um. Er kam frei. „Du Drecksau! Ich mache dich alle!" schrie Wesenberg. Enttäuscht darüber, das ihm die sichere Beute aus den Händen geglitten war. „Ach ja? Das sehe ich aber nicht so!" Pauls Kehle brannte bei jedem Wort. Er stemmte sich noch fester gegen die Wand und zog, mit einem einzigen Ruck, Wesenberg durch das Fenster. Das restliche Glas zersplitterte. Martin schrie vor Überraschung auf, versuchte sich festzuhalten, doch auch das nützte ihm nichts. Er fiel aus dem Fenster und bekam noch im Fallen zwei Faustschläge ins Gesicht. „Du machst mich nicht fertig, du nicht!" Paul versuchte seinen Jähzorn unter Kontrolle zu halten, was ihm aber überhaupt nicht gelangen. Er schlug immer wieder zu, wie auf einen Sacksack den er zum Training benutzte. Wesenberg versuchte aufzustehen. Für diese Frechheit trat ihm Paul auf die Beine. Martin sackte ab, stöhnte vor Schmerz auf. Er zitterte am ganzen Körper und fing an zu weinen. Paul holte erneut zu einem Schlag aus und hielt kurz vor Wesenbergs Gesicht inne. War es wirklich Wesenberg, den er da weinen hörte? Derselbe Kerl, der seiner Freundin und deren Familie so viel Schmerz zugefügt hatte? Der ihn, ohne zu zögern, den Kehlkopf zerquetscht hätte? Vor Momenten noch ein gefährlicher Mann und jetzt ein Haufen Elend, der zu seinen Füßen wimmerte.

Paul zog seinen Arm zurück, verzog verächtlich sein Gesicht. Er konnte nicht zuschlagen. Er konnte ihn nicht weiter verprügeln, wenn er weinte. Nicht einmal bei einem so widerwärtigen Dreckstück, wie es Wesenberg war. Er richtete sich wieder auf. In seiner Wut hatte er nicht mitbekommen, das es hatte stärker anzufangen zu regnen. Das Wasser lief die Haut hinunter und sein Hemd klebte an seiner Haut.

„Thomas?" rief er in den Regen hinaus. Das Prasseln der Tropfen zerstückelten seine Stimme.

„Thomas?" Er rief noch einmal, doch es antwortete niemand.

„Verdammtes Arschloch! Der läßt mich einfach im Stich." Plötzlich wurde er, mit brutaler Gewalt, zur Seite gestoßen und landete im nassen Gras.

„Jetzt kuckst du blöd aus der Wäsche, was?" Ronalds gräßliches Wiehern vermischte sich mit dem trommelnden Gesang der Regentropfen.

„Mach mal ein dummes Gesicht! Oh Gott, es reicht. Du sollst ja nicht gleich zur Mumie werden." Wesenberg hatte sich wieder aufgerappelt. Seine Stimme klang spitz und er schaute verächtlich auf den, am Boden liegenden, Jungen hinab. Der versuchte aufzustehen, doch ein Fußtritt Wesenbergs in Pauls Bauch bescherte ihn eine schmerzhafte Lektion in Disziplin. Er rang gierig nach Luft.

„Jetzt siehst du was mit denen passiert die mich für dumm verkaufen wollen. Weißt du, was mich wirklich interessiert? Ob du wirklich geglaubt hast, das du mit dieser Scheiße hier durchkommst!" Ronald trat Paul in die Seite.

„Laßt mich endlich in Ruhe, ihr Schweine!" Paul stöhnte vor Schmerz. Er lag am Boden und krümmte sich.

„Oder du verprügelst uns, was?" Die Männer lachten lauthals los und traten noch stärker zu.

„Er vielleicht nicht, aber ich werde es tun!" Ronald erschrak und er drehte sich blitzschnell um. Ein harter Faustschlag ließ ihn einige Zentimeter vom Boden abheben und ihn, wie einen nassen Sack, durch die Luft wirbeln. Helmut Rohrbeck hatte sich alles vom Hof aus mit angesehen. In dem Licht, der auflodernden Lichtblitze sah er wie sich die Beiden an dem Jungen zu schaffen machten. Zuerst dachte er, das es sich um Thomas handelte. Doch dann sah er, das es Paul war. Auch wenn er ihn nicht gerade sonderlich mochte. Er mußte ihn helfen. Er rannte sofort los und schlug Schmidt mit einem mächtigen Hieb aus allen seinen Träumen. Wesenberg stürzte sich sofort auf ihn. Seine Hände versuchten den Hals des Mannes zu erfassen. Er wollte ihn würgen, rutschte jedoch ab und hinterließ Kratzspuren an Rohrbecks Hals. Helmut stieß Wesenberg von sich. Martin stolperte kam ins Wanken fiel aber nicht. Mit den Füßen voran, flog Martin heran und trat seinem Gegner gegen das rechte Schienbein. Rohrbeck stürzte, rollte sich ab und versuchte wieder auf die Beine zu kommen. Das scheiterte aber, da sich Martin vehement auf ihn stürzte. Sie rangen miteinander, rollten sich durch das nasse Gras und den knisternden Scherben des Fensters. Rohrbeck roch den übelriechenden Atem seines Gegners und schlug ihn dafür auf den Mund. Wesenberg grunzte unterdrückt, ließ aber nicht locker. Im Gegenteil, er klammerte sich noch fester an ihn. Er tat mit dem Knie in Rohrbecks Unterleib, was ihn für einen kurzen Augenblick einen Vorteil brachte. Wesenberg zog einen Gegenstand aus seiner Hosentasche. Ein Messer dessen Klinge im Licht der Blitze leuchtete. Das Messer fuhr nach unten. Doch kurz bevor es in den Körper ihres Opfers eindringen konnte, wurde Wesenberg jäh zurückgerissen. Paul zog an Wesenbergs Haaren und verbog dessen Hand. Er ließ das Messer fallen, verzog sein schmerzverzerrtes Gesicht. „He, mach mal ein dummes Gesicht!" Und Paul schlug den Kopf Wesenbergs, mit der Nase voran gegen die Häuserwand. „Du sollst doch nicht gleich zur Mumie werden!" Paul zitterte am ganzen Körper. Seine innere Wut verflog erst dann, als Wesenberg das Bewußtsein verlor und an der Wand seines Hauses hinabrutschte. „Oh Scheiße, da wollte diese Drecksau mich glatt umbringen!" Helmut stand neben ihm und versuchte sich gerade von diesem Schrecken zu erholen. Ein Seitenblick überzeugte ihn davon, daß auch Schmidt noch immer ohne Bewußtsein war. „Danke, das du mir das Leben gerettet hast!" Es war zwar kein Herzenswunsch von Helmut, das zu sagen, aber er meinte es ehrlich. „Ich muß mich bedanken! Wenn sie mir nicht geholfen hätten. Dann...!" Paul wollte sich lieber nicht ausmalen, was dann passiert wäre. Er sah sich in der Gegend um, in der Hoffnung, daß er endlich Thomas sah. Aber der war nirgends zu sehen. Keine Spur von dem Jungen. „Wir gehen lieber nach Hause. Sonst holen wir uns doch noch den Tod weg." Sie waren beide bis auf die Haut durchnäßt und einige schmerzhafte Wunden und Prellungen erinnerten sie daran, daß sie sich lieber nicht zuviel zumuten sollten. Sie verließen den Hof ohne sich noch einmal umzudrehen. Das Gewitter kam immer näher und das Donnern erschlug die letzten Gedanken daran, daß noch etwas an diesem Tage passieren konnte.

Thomas hockte hinter einem Busch. Er sah, wie die Männer auf Paul einschlugen. Zuerst wollte er aufspringen, doch dann erinnerte er sich daran, daß er ihm im Grunde genommen gar nicht ausstehen konnte. Sollte er doch selber mit dieser Situation fertig werden. Er verzog ein paar mal das Gesicht, als es besonders heftige Kampfszenen gab. Aber das bestätigte ihm bei der Ansicht, daß er sich lieber da heraushalten sollte. Er hockte hinter dem Busch und lächelte zuweilen. Das änderte sich, als sein Vater kam. Warum mischte sich der ein? Soweit er wußte, konnte er den Freund von Helena auch nicht leiden. Warum half er ihm dann? Die Bewegungen, die sein Vater ausführte, imponierten ihm. Er war überrascht, wieviel Schlagkraft in der Faust seines Vaters steckte. Wenn er es aber auch nicht zugeben wollte, so war er doch ein wenig stolz auf ihn. Er wartete nicht, bis der Kampf vorüber war. Er rannte geduckt nach Hause und verschwand so schnell er nur konnte in dessen Innern.

Martin und Ronald waren wieder zu sich gekommen und sie saßen, mit dem Rücken an der Häuserwand gelehnt, auf den feuchten, kalten Boden und sagten kein Wort. Ab und an war ein Stöhnen von ihnen zu hören. Denn ihre Körper schmerzten fast an jeder Stelle. Martins Nase war gebrochen. Blut strömte aus den

Löchern und bahnte sich in Rinnsalen ihren Weg nach unten. Er drückte ein durchweichtes Taschentuch auf die Wunden. Hatte er etwas falsch gemacht, daß er so bestraft wurde? Die Anderen mußten dafür bestraft werden. Erst sein Haus und dann jetzt er? Hinterrücks haben die ihn angegriffen. Haben seine Nase demoliert. So konnte er sich nicht mehr in der Öffentlichkeit sehen lassen. „Oh Mann, langsam habe ich nun wirklich die Schnauze voll!" stöhnte Ronald. Seine Arme hingen schlaff nach unten und jede Bewegung wurde ihm zur Qual. Noch mehrere solcher Aktionen und er kündigte Martin die Freundschaft. Ihn hatte er es zu verdanken, daß er ständig in der Scheiße steckte. Er dachte immer, das er selber der Chef sei, doch unmerklich hatte es sich ins Gegenteil umgewandelt. Ronald mußte da endlich für Klarheit sorgen. Aber heute nicht. Wenn ihm nur nicht seine Knochen so schmerzen würden. Martin nahm seine ganze Kraft zusammen und schnellte nach oben. Er ging hinters Haus und kramte im alten

VW-Bus. Als er das gefunden hatte, was er finden wollte grinste er teuflisch und machte sich auf den Weg.

„Ihr Kerle seid doch alle nicht mehr normal im Kopf." Susanne Rohrbeck war nicht wenig ungehalten über den Anblick den Ihr Mann und der junge Paul Forster ihr darboten. Sie hatte einen Verbandskasten aus dem Badezimmer geholt und reinigte deren Wunden, sowie desinfizierte sie. Helmut schrie unterdrückte auf, als seine Frau die ersten Pflaster auf die Haut klebte. Er erhob sich einige Zentimeter vom Sofa, setzte sich aber wieder sofort. „Jammerlappen!" Zischte Susanne leicht angesäuert und drückte den Tupfer fester als es überhaupt gedacht war, auf die Wunde. Doch diesmal verzog Helmut nur mürrisch sein Gesicht. „Jedesmal ist es dasselbe. Ihr zerfleischt euch gegenseitig und wir können euch wieder zusammenflicken."

„Ja, ja. Ist ja schon gut!" Helmut wollte sich nicht streiten, wußte aber genau das daß immer so anfing.

„Nichts ist hier gut. Seht euch doch einmal an." Sie wies mit dem Kopf auf den neben ihm sitzenden Paul. „Eines Tages werden wir euch alle beiden begraben müssen. Reicht es nicht, daß wir unsere Tochter verloren haben? Mußt du jetzt auch noch verrücktspielen?"

„Was willst du eigentlich von mir?" Helmut war gereizt. Er entzog sich den helfenden Händen Susannes und sah sie streng an.

„Ich will nur, daß ihr nicht mehr soviel Unsinn treibt!"

„Wir haben keinen Unsinn gemacht." Paul sagte es und schloß gleich wieder seinen Mund, als die Rohrbecks ihn ungehalten ansahen.

„Da hörst du es!"

„Ach so? Dann blutet ihr auch nur so, weil ihr Vorwärtsrollen auf dem Asphalt gemacht habt?"

„Wir haben nicht angefangen!" Helmuts Stimme klang monoton.

„Das ist mir vollkommen egal. Idioten läßt man links liegen, ignoriert sie. Dann kommen sie schon selbst darauf, daß sie blöd sind."

„Manchmal muß ein Mann eben tun, was er tun muß."

Susanne hob drohend die Hand. Im selben Moment drang einige Unruhe von draußen herein.

Auch Helmut und Paul hörten es. Das Geheul der starken Windböen, sowie das Prasseln des Regens an die Fensterscheiben konnten es nicht unterdrücken. Paul ging zum Fenster, sah hinaus. Er konnte nichts erkennen. Dunkelheit hüllte alles ein. Die Straßenlaternen brannten nicht, konnten das Verborgene nicht sichtbar machen.

„Was ist da los?" fragte Susanne.

„Ich kann nichts sehen!" Paul drückte sein Gesicht näher an die Scheiben, so daß sie beschlugen. Ein gewaltiger Blitz durchzuckte die Finsternis und im krachenden Bersten des Donners sah er zwei düstere Gestalten, die vor dem Haus standen.

„Wesenberg und Schmidt. Ich glaube, daß sie wieder Ärger machen wollen." Paul sah über die Schulter. Seine Augen spiegelten die Entschlossenheit wieder, die sich mit stoischer Härte vermischten. Helmut und Susanne zuckten beide mit den Schultern, wollten sich wieder streiten. Als Paul sich wieder dem Geschehen draußen widmete sah er, wie einer der Beiden eine Fackel schwang. Wütend riß er das Fenster auf.

„Wagt es ja nicht!" schrie er durch den, pfeifenden, Wind.

Martin und Ronald lachten nur böse.

Wesenberg hatte sich einige Flaschen Brandbomben gebaut. Seine Absicht war klar. Er wollte es den Rohrbecks heimzahlen. Martin schrie seinen Frust hinaus.

„Hänge endlich dein Kadaver aus dem Fenster, Rohrbeck! Wir haben eine Überraschung für dich!"

Als sich im Haus weiter nichts rührte, winkte er mit der Flasche in der Hand. Endlich machte jemand das Fenster auf. Dieser Penner Forster war auch noch da und drohte ihnen.

MACHE ES NICHT! DU BRINGST ALLE NUR IN GEFAHR!

Diese Stimme war in seinem Kopf.

„Seid wann bist du ein Menschenfreund?" Er sah Ronald verblüfft an, als hätte dieser ihm das gesagt.

„Mach doch was du willst!" Ronald zuckte nur mit den Schultern, als ginge es ihm gar nicht an.

„Dann halt deine Klappe!"

„Ich hab doch gar nichts gesagt!"

LASS DIE LEUTE IN FRIEDEN!

Wesenberg drehte sich nach allen Seiten um. Wurden sie von jemanden beobachtet?

„Komm heraus und zeige dich!" Er drohte mit der brennenden Flasche. Vielleicht lauerte jemand auf der anderen Straßenseite, doch in der Dunkelheit konnte man nichts erkennen. DU KANNST UNS NICHT TÖTEN! DAS HABEN WIR SCHON ALLES HINTER UNS!

Der brennende Lumpen an der Flasche ging abrupt aus und Wesenberg versuchte vergeblich das Feuer wieder zu entfachen.

„Wer bist du und was willst du?" Er bekam es mit der Angst zu tun.

DAS IST EGAL! ES IST NUR WICHTIG, DAß DU WIEDER NACH HAUSE GEHST UND DIE LEUTE DA IN RUHE LÄßT!

Wesenberg suchte nach der Stimme. Er sah nur zwei undeutliche Lichter, die er für unwichtig hielt.

„Ich will aber nicht!"

OB DU WILLST ODER NICHT, IST NICHT VON BELANG. WENN DU ES ABER NICHT MACHST, BEREUST DU ES SICHER. Die Stimme verstummte.

Es war merkwürdig. Die Stimme schien aus seinem Innern zu kommen. Vielleicht wurde er schon verrückt? Er drehte sich um und warf die Flasche auf das Haus. Forster wich aus und dem geöffneten Fenster entfuhr ein splitterndes Krachen. Er jubelte, warf beide Arme in die Höhe und rannte auf das Haus zu. Ronald folgte ihm.

Die Flasche schlug in einer Vitrine, die gegenüber dem Fenster stand, ein. Das Glas splitterte und es roch penetrant nach Benzin. Helmut hüpfte aufgeregt auf und ab. Wesenberg kam auf das Fenster zugelaufen. Er war genau in Kopfhöhe und er mußte nur zugreifen. Er schlug Paul ins Gesicht. Er taumelte, verlor aber nicht den Halt. Wesenberg schlug noch einmal zu. Doch diesmal konnte Paul dem Schlag ausweichen. Er ergriff die Hand und schlug den ganzen Arm auf das Fensterbrett. Wesenberg schrie auf. Doch es schien ihm weniger auszumachen, als es beabsichtigt war. Er krallte sich am Fensterbrett fest und zog sich, unter dem Hagel von Faustschlägen die er von Paul bekam, ins Innere. Der Junge gab Wesenberg einen Stoß. Der flog genau auf die Füße von Rohrbeck. Der ließ sich nicht lange bitten und schlug seinerseits auf den Eindringling ein. Susanne wich zurück. Denn sie war zu erschrocken, als das sie etwas unternehmen konnte. Paul wendete sich wieder dem Fenster zu, denn Ronald versuchte, auf die gleich Weise wie sein Freund, ins Haus zu gelangen. Der Junge holte aus und sein Faustschlag krachte an ein Brett, das Schmidt in der Höhe gehalten hatte. Er verzog das Gesicht vom stechendem Schmerz. Doch ein Schmerz in den Handknöcheln ist allemal leichter zu ertragen, als ein Schlag ins Gesicht. Schmidt holte aus und das Brett krachte mit der flachen Seite Paul ins Gesicht. Paul wich zurück, schlug die Hände vor dem Blutenden Gesicht. Seine Sinne schienen zu schwinden, aber er puschte sich noch einmal auf. Ronald kniete schon auf dem Fensterbrett. Paul nahm seinen Kopf zwischen die Hände. Ronald versuchte sie abzuschütteln. Vergebens. Paul schlug den Kopf des jungen Mannes auf seinen rechten Oberschenkel. Schmidt fiel zu Boden. Schrie vor Schmerzen auf. Wesenberg zog Helmut an den Haaren, versuchte mit allen erdenklichen Mitteln seinem Gegner Wunden beizubringen. Aber die Zähigkeit die Rohrbeck an den Tag brachte verblüffte ihn. Wenn er ihn auf diese Weise nicht besiegen konnte, mußte er eben gemein werden. Ohne lange zu überlegen holte er mit dem Bein aus und trat Helmut mit voller Wucht zwischen die Beine. Helmut pustete, schnappte nach Luft, wie ein Fisch auf trockenem Grund. Er hielt sich die Hoden mit beiden Händen und fiel dann bewußtlos zu Boden. Wesenberg drehte sich zu Paul um. Ein triumphierendes Lächeln erhellte sein geschundenes Gesicht. Nun war der nächste an der Reihe. Er ging auf den Jungen zu, der sich über

Ronald gebeugt hatte und ihm mit Faustschlägen den Rest geben wollte. Das Brett das Ronald gegen den Jungen angewendet hatte lag gleich neben ihn. Ohne zu überlegen ergriff er es und schlug es dem Jungen ins Kreuz. „Mach ein Abgang, Alter!" schrie Wesenberg mit enormer, an Hysterie grenzender, Intensität. „Haben wir sie endlich fertig gemacht?" Martin half Ronald auf die Beine. Seine Knie waren noch ganz weich. Er konnte noch nicht richtig stehen. Sein Freund stützte ihn. „Haben wir!" Wesenberg war zufrieden mit sich selbst. Sein Blick fiel, über den zertrümmerten Tisch und umgeworfene Sessel, auf die blonde Frau die an der wand kauerte und sich nicht wagte zu bewegen. „jetzt können wir endlich das Tun, was wir schon vor einem halben Jahr machen wollten." Martin brauchte seinen Kumpel nicht mehr zu stützen. Er ließ ihn los und näherte sich der Frau, die ihn mit großen Augen ansah. „Sieht sie nicht nett aus?" Er bewegte seinen Kopf nicht. Er lächelte finster. Sein Blick wanderte vom Gesicht der Frau über ihr hnielanges Nachthemd. „Ja und wir können da weitermachen, wo wir vor einem halben Jahr aufgehört haben." Auch Ronald näherte sich der Frau, die auf beiden recht verführerisch wirkte. Susanne versuchte nach hinten zu entkommen. Doch sie stand ja schon mit dem Rücken an die Wand gepreßt. Sie sah nach rechts. Konnte sie zur Tür gelangen, die nur zwei Meter zu ihrer Rechten entfernt war? Sie machte einen Schritt in diese Richtung. Hoffte, daß es die Beiden nicht merken würden. Wesenberg lief schnell in diese Richtung und versperrte ihr den letzten Ausweg. Sie hatte jetzt keine andere Wahl mehr. Sie lief los in der Hoffnung, daß sie an Wesenberg vorbeikam. Sie huschte an ihm vorbei, hatte fast die rettende Tür erreicht, wurde aber am Arm gepackt und nach hinten gezogen. Sie spürte wahnsinnige Angst in sich aufsteigen. Angst die ihre Knie zu Blei werden ließ und zusammenkauern ließ. Sie wirbelte mit ihren Armen um sich, traf Schmidt am Kopf so das dieser wütend aufschrie. „Mach das nicht

noch einmal, du blöde Schlampe!"
er fackelte nicht lange und gab ihr
eine schallende Ohrfeige. Ihr Kopf
wurde zur Seite geschleudert, auf
ihren Wangen kullerten die ersten
Tränen. „Last sofort meine Mutter
in Frieden, sonst mache ich euch
kalt!" Ronald und Martin fuhren
herum und starrten entsetzt auf
den jungen Thomas Rohrbeck, der
in der offenen Tür stand. Sie
starrten in den dunklen Lauf einer
zweiläufigen Schrotflinte, die er
direkt auf Martin gerichtet hatte.
„Die wirst du doch nicht
anwenden!?" Ronald hatte Angst
und Respekt zugleich. „Ihr könntet
es ja herausfinden!" Thomas
blickte nervös von einem zum
anderen. „Und wenn du schießen
würdest. So könntest du niemals
uns beide gleichzeitig
erschießen!" „Sicher nicht, aber du
wärst der erste dem es erwischen
würde." Sagte Thomas an
Wesenberg gewandt, der
versuchte kühl zu wirken. „Komm
rüber Mutti." Susanne ging
langsam zu ihm herüber.
Wesenberg und Schmidt nicht aus
den Augen lassend, denn sie ahnte,
daß sie zu allem bereit waren.

Martin bewegte sich auf die Tür zu. Er hatte die Hoffnung, daß Thomas es nicht merken würde. Thomas reagierte nicht und Ronald kam ein paar Schritte näher. Auch das schien Thomas zu ignorieren. Wesenberg witterte jetzt seine Chance, den Jungen zu entwaffnen, doch ein ohrenbetäubender Knall stoppte ihm von seinem Vorhaben. Angsterfüllt zuckte er zusammen. Putz rieselte von der Zimmerdecke auf seinen Kopf. „Ich habe doch gesagt, daß ich schießen werde! Bleibt ruhig und versucht nicht, uns zu verfolgen. Ich habe noch genug Munition, um eine ganze Armee in die Hölle zu schicken." Nicht nur Wesenberg und Ronald waren überrascht. Auch seine Mutter hatte nicht damit gerechnet, damit Thomas schießen würde. Doch es war ihr im diesem Moment auch vollkommen egal. Hauptsache sie kamen hier so schnell wie möglich weg. Sie gingen rückwärts. Susanne Rohrbeck nahm den Hörer vom Telefon. Sie wollte telefonieren. Die Polizei rufen, damit diese Kerle ins Gefängnis kamen. Wollte Hilfe holen für

Helmut und Paul, die besinnungslos im Wohnzimmer lagen. Sie wirkten wie tot. Schienen sehr schwer verletzt zu sein. Sie nahm den Hörer ab und mußte feststellen, daß das Telefon nicht funktionierte. „Die Leitung ist hin. Ihr habt doch nicht im erst angenommen, daß wir sie ganz lassen würden! Ihr werdet sowieso nicht weit kommen." Wesenberg lachte schäbig. „Wir müssen hier raus, Mutti!" Susanne zog sich schnell eine Jacke über und ging schnell aus dem Haus. Thomas folgte ihr langsam. Die beiden jungen Männer immer in Blick haltend, um einer Überraschung vorzubeugen. Als er die Haustür hinter sich geschlossen hatte, fiel ihm eine Zentnerschwere Last vom Herzen. Doch ein Drang in seinem Innern trieb ihm so schnell wie möglich von dem Haus fort. Weg von den beiden verrückten Kerlen, die ihnen nach dem Leben trachteten. „Wir müssen zur Telefonzelle am Gemeindebüro!" Der Wind zerzauste Susannes schulterlanges, blondes Haar. Sie mußte laut sprechen, denn das

Gewitter hatte an Intensität zugenommen. Zog mit gewaltigen Donnern und spektakulären Blitzen über sie hinweg. Die riesengroßen Regentropfen durchnäßten ihre Kleidung, noch bevor sie den Hof verlassen hatten. Thomas nieste laut. Er hatte geschossen und er brauchte einige Zeit um das überhaupt zu kapieren. Er wollte niemanden umbringen. Auch wenn es sich um solche widerwärtigen Kerle, wie es Wesenberg und Schmidt waren, handelte. Sie liefen die dunkle Straße entlang, die von Straßenlaternen umsäumt war. Sie brannten nicht. Vielleicht hatte man sie aus Stromerparnis abgeschaltet, oder es war einfach irgend etwas kaputt. Thomas drehte sich häufiger um, um zu sehen ob er verfolgt wurde. Wasser lief in seine Augen. Verklärte die Sicht etwas. Das unangenehme Kleben der Sachen auf seiner Haut machte ihm etwas zu schaffen. Es war kühl und unangenehm. Seine Mutter sagte kein Wort. Sie versuchte so schnell wie möglich zu dem Telefon zu kommen. Sie kamen an die anderen Häuser des Ortes vorbei. Auch dort brannte kein Licht. Susanne trat in ein Schlagloch. Sie taumelte. Thomas faßte ihr unter den Arm, verhinderte, daß sie stürzte. Vor ihnen kam das Gemeindebüro in Sicht. Es war ein alter roter Backsteinbau, der um die Jahrhundertwende gebaut wurde und der den Mittelpunkt des Ortes bildete. Susanne lief schneller, direkt auf die Telefonzelle zu, die unter einem Baum an der Vorderfront des Hauses stand. Sie riß die Tür auf, nahm mit zittriger Hand den Hörer und wählte mit einem beklemmenden Gefühl die Nummer des Notrufs. Ein kalter Schauer lief ihr über den Rücken, als sie feststellte, das auch dieses Telefon nicht den geringsten Ton von sich gab. Sie wählte noch einmal, als würde das etwas nützen. Ihre Angst nahm zu. Nahm sie stärker in ihrer Gewalt. Es klopfte am Fenster. Sie drehte sich um. „Jetzt haben wir dich endlich!" Wesenberg drückte sein nasses Gesicht auf die Seitenscheibe der Telefonzelle. Sie erschrak, wich automatisch zurück. Sie hörte ein lautes Krachen und sie sah in das Gesicht Wesenbergs, der in Windeseile weglief und sich hinter einem nahen Blumenring aus Beton warf. Die Tür ging auf. „Schnell, weg hier!" Thomas zog seine Mutter heraus. „Hast du ihn getroffen?" Susanne lief neben ihrem Sohn, der lud die Schrotflinte nach und drehte sich häufiger um, damit er nicht überrascht wurde. „Leider nicht! Jedenfalls konnte ich nichts dergleichen erkennen." Susanne nickte, ohne ein Wort zu sagen und lief den Wirtschaftsweg entlang, der von Wildberg ins Rhinluch führte. Paul röchelte ein paarmal. Sein Kopf schmerzte und versuchte jeden normalen Gedankengang im Keime zu ersticken. Sein ganzer Körper rebellierte. Seine Beine, seine Arme taten ihm weh. Als er aufstand wurde ihm schwarz vor Augen. Er stütze sich an der nahen Wand ab. Wartete einige Augenblicke bis sich seine Sicht wieder klärte. Er sah zu Helmut Rohrbeck herüber, der nur zwei Meter neben ihm gelegen hatte. Auch er stand auf und hatte erhebliche Probleme sich vernünftig auf den Beinen halten zu können. Helmut sah sich sofort um. Suchte seine Peiniger. Suchte seine Frau, die eigentlich hätte hier sein müssen, doch das war sie nicht. Es war etwas im Gange und es durfte nichts Gutes sein. Helmut lief ins Schlafzimmer, schaute im Zimmer seines Sohnes, aber auch der war nicht da. Helmut stürzte zum Hörer, mußte zu seinem Unglück feststellen, daß der Apparat nicht funktionierte. Es klopfte an der Tür. Es verging nur einen Augenblick, bis er sie aufgerissen hatte.

GUTEN TAG! MEIN NAME IST MARTINA WESENBERG UND DAS IST MEIN MANN MANFRED! WIR SIND DIE ELTERN VON MARTIN. VIELLEICHT KÖNNEN WIR IHNEN HELFEN!

Die alte Frau lächelte sanft und in ihren braunen Augen brannte ein warmes, freundliches Feuer. Auch der alte Mann, der hinter ihr stand, sah freundlich drein. Sein weißes Haar war vom Regen durchnäßt und seine Kleidung klebte an seinem Körper. „Vielleicht könnten sie ihren mißratenen Sohn in eine Irrenanstalt einweisen lassen. Ich kann ihnen versichern, wenn ich den Kerl und seinen Kumpanen in die Hände bekomme, dann schlage ich ihn tot!" Helmut schrie und sein Kopf hämmerte im Schmerz.

DAS IST NICHT NÖTIG! ER IST EIN GUTER JUNGE.

Auch die Stimme des alten Mannes klang sanft. „Was ist er? Ein guter Junge! Er ist einfach ein Stück Dreck." Es brachte ihm auf die Palme, wenn jemand solche Dinge über diesen Kerl sagte. Er wollte am liebsten die Tür vor den alten Leuten zuwerfen, doch Paul griff in die Klinke und hielt ihn davon ab.

WIR HABEN NICHT DIE ZEIT HIER ZU BLEIBEN UND DUMME REDEN ZU SCHWINGEN.

Der alte Mann veränderte seinen Gesichtsausdruck nicht. Helmut wollte aufbrausen und sie zum Teufel wünschen, doch Paul kam ihm zuvor. „Wo könnten sie hin sein?" Paul wunderte sich nur darüber, daß Wesenbergs Eltern jetzt auftauchen. Er hatte sie nie zuvor gesehen und was hatten sie mit der ganzen Sache zu tun?

DIE URSACHE ALLEN ÜBELS LIEGT IN RABENHORST!

Die Stimme der alten Frau veränderte sich etwas. Paul bemerkte es, obwohl es nicht allzu viel war. Helmut ging sofort zurück in die Garderobe um zwei Regenjacken zu holen. Paul drehte sich für wenige Augenblicke um. Als er sich wieder Wesenbergs Eltern widmen wollte, waren sie verschwunden. Er ging hinaus sah um die Häuserecke, lauschte. Er hörte nur den herniederprasselnden Regen und das Donnern des Gewitters das bald seinen Höhepunkt erreichen sollte. Sie waren verschwunden. Paul rannte wieder zurück und Helmut reichte ihm die Jacke. Rohrbeck fragte nicht nach den Wesenbergs, denn Helmut ahnte etwas, was dem Jungen verbogen blieb.

Wesenberg atmete erleichtert auf. Dieser blöde Bengel hatte auf ihn geschossen und er war nur mit viel Glück einer größeren Verletzung entkommen. Hatte jemand den Schuß gehört? Als Antwort bekam er ein Donnergetöse des Gewitters zu hören und er wußte, daß dem nicht so war. Es war an diesem Abend einfach zu laut um einen Schuß aus diesen Lärm heraus hören zu können. Wesenberg lief ein paar Meter in die Richtung, in der die Rohrbecks entkommen waren und mußte feststellen, daß sie verschwunden waren. Seine Wut wurde immer stärker und er war sich sicher, daß er bei Ronald auch so war. Schmidt stand neben ihm rührte sich zuerst nicht, ging dann aber, ohne etwas anzumerken los, in dieselbe Richtung in der die Anderen gelaufen waren.

Thomas sah jetzt nicht mehr so häufig hinter sich. Sie liefen immer noch auf dem Wirtschaftsweg, der rechts und links von zwei Entwässerungsgräben umgeben war und in unregelmäßigen Abständen durch Überführungen mit den vielen Wiesen verbunden wurde, die vor allem im Rhinluch genutzt wurden. Susanne nieste. „Gesundheit!" „Danke, mein Junge! Wenn wir nicht bald ins Trockene kommen, dann werden wir uns mit Sicherheit eine

Lungenentzündung holen." Wie zur Bekräftigung ihrer Aussage nieste sie noch einmal. Sie hatte nur ihr kurzes Nachthemd an und eine Jacke, aber selbst an warmen Abenden, wie es heute einer war, war es vermessen zu glauben, daß es ungefährlich war. Die starken Regenfälle, die vor Stunden eingesetzt hatten, schienen einfach nicht enden zu wollen. Sie bogen eine Verzweigung ab und wußten eigentlich gar nicht, wohin sie überhaupt gingen. Wurden sie noch verfolgt oder ließ man sie in Ruhe? Wo wollten sie eigentlich hin? Eine Frage, auf der sie keine Antwort fanden. Sie mußten zur nächsten Telefonzelle und die stand erst in Rabenhorst. Jedenfalls glaubte dies Thomas, doch beschwören konnte er es nicht.

Helmut und Paul fuhren mit dem Auto Richtung Rabenhorst die Lichtkegel der Scheinwerfer drangen nur mit Mühe durch den dichten Wasservorhang, der vom Regen verursacht wurde. Die Scheibenwischer waren auf die höchste Stellung geschaltet, schafften ihre Arbeit nur selten. Die Straßen waren wie ausgestorben. Nicht ein einziges Fahrzeug kam ihnen entgegen oder fuhr hinter ihnen her. Helmut kniff die Augen zusammen um besser sehen zu können, bremste stark ab, als er die Abzweigung nach Rabenhorst vor sich sah. Er lenkte den Wagen mit hämmernden Herzen. Seine Gedanken gehörten seiner Frau und seinen Sohn, die von zwei Verrückten verfolgt wurden und die wahrscheinlich größere Angst wie er selbst verspürten. Helmut sah in den Rückspiegel, sah ganz deutlich Martina und Manfred Wesenberg. Er trat auf die Bremse und der Wagen kam quietschend zum stehen. Er drehte sich um, doch er sah niemanden. Sie waren verschwunden. Er glaubte an eine Täuschung, sah dabei Paul an, der leicht nickte. Mit einem flauen Gefühl im Magen fuhr er wieder los. Wollte sie ein Spiel mit ihm spielen?

In Martins Innern kochte die Wut und die Gier sich der Frau bemächtigen zu wollen. Er hatte sich da in etwas hineingesteigert, was nicht gut für ihn war. Sie kamen zu Dem Abzweig, an dem vor wenigen Minuten schon Susanne und ihr Sohn gestanden hatten. Für welche Seite würden sie sich entscheiden? Für die Richtige oder für die Falsche? Ronald versuchte sich ins Innere der Anderen hineinzuversetzen. Für welchen Weg sie sich entscheiden würden. „Wir biegen hier ab!" sagte er forsch und Wesenberg war nicht wenig überrascht über die Tonart in der es Ronald sagte. „Nicht in diesem Ton!" Martin wollte rebellieren, denn er war sich sicher, daß sie den anderen Weg genommen hatten. „Wenn du den Ton nicht für richtig hältst, habe ich noch ganz andere Möglichkeiten, dich zu überzeugen." Ronald sah endlich die Zeit gekommen sich wieder als Chef zu produzieren. Kein Zeitpunkt war so ideal, wie dieser. „Wie du meinst!" Wesenberg konnte die Gedanken Ronalds zwar nicht nachvollziehen, doch es war jetzt besser, daß er nachgab. Sie gingen den Weg, den Schmidt vorgeschlagen hatte und waren bald hinter einer undurchsichtigen Regenmauer verschwunden. Thomas trat auf eine verschobene Wegplatte und stürzte. Ein lauter Knall ließen ihn und seine Mutter zusammenfahren. Aus der Flinte hatte sich ein Schuß gelöst der, zum Glück, niemanden verletzte. Susanne half ihren Sohn auf die Beine und sie sah nach vorne. Sie wußte eigentlich gar nicht mehr, wo sie waren. Das dichte Netz der Wirtschaftswege war so eng gezogen, daß sie noch tagelang gehen konnten, bis sie zu einer menschlichen Behausung vorstießen. „Wir haben uns sicher verlaufen!" Thomas war ratlos. Waren sie doch zu früh abgebogen? „Nein, haben wir nicht! Ich glaube wir sind auf dem richtigen Weg." Sicher war sich Susanne nun wirklich nicht. Sie wollte ihren Sohn nur aufmuntern. Er durfte jetzt nicht den Mut verlieren, zumal ihre Verfolger den Schuß gehört haben mußten. Zu überhören war das sicher nicht.

Die beiden Männer hörten den Schuß und der Ausgangspunkt

schien nicht sehr weit entfernt zu sein. Der Regen hatte allmählich nachgelassen. Vereinzelte Schauer ließen eine bessere Orientierung zu. Die Blitze und das Donnern des Gewitters war unvermindert stark. Der Schuß hätte also auch von dem Gewitter ausgelöst werden können. Sie wurden automatisch schneller. Aus geringer Entfernung hörten sie auch Stimmen, die sie mit Genugtuung zur Kenntnis nahmen.

Die Rohrbecks bogen auf einer Grabenüberführung ab und liefen durch das nasse Gras einer Wiese. Sie gingen ohne sich Gedanken darüber zu machen. Nach etwa vierhundert Metern kamen sie erneut zu einer Überführung und kurz dahinter befand sich eine Straße und diese Straße führte nach Rabenhorst. Sie konnten die Lichter des Ortes in geringer Entfernung ausmachen. Thomas wunderte sich nicht wenig darüber, daß sie den Weg so sicher fanden. Es war so, als wüßte seine Mutter wo sie lang ging. Susanne wußte es nicht. Es war ihr unangenehm im nassen Gras zu laufen. Die kalte Feuchtigkeit fraß an ihren Füßen. Sie atmete erleichtert auf. Wenn sie bald an ein Telefon kamen, konnte es schon zu spät sein. Sie mußte an ihrem Mann denken, der besinnungslos auf dem Fußboden des Wohnzimmers lag. Die Angst um ihn war für Momente stärker als die Furcht die sie vor Wesenberg und Schmidt spürte. Er brauchte Hilfe und zwar schnell.

Das dachte Helmut auch von seiner Frau. Das sein Sohn auch mit dabei war, ahnte er zu diesem Zeitpunkt nicht einmal. Er umklammerte das Lenkrad seines Wagens. Die Lichter Rabenhorsts kamen in Sichtweite. Seine Gefühle wurden zusehend verworrener. Ihn treib die Angst nach vor, obwohl die Schmerzen in seinem Kopf die Hölle waren. Paul hing ganz anderen Gedanken nach. Der Traum, der im Nacht für Nacht quälte, schien sich seiner ganzen Gedanken zu bemächtigen. Immer und immer wieder sah er die Hand, die sich um die Hüfte Helenas legte und das Mädchen aus dem Gleichgewicht brachte. Er kannte die Hand, doch er wußte nicht zu wem sie gehörte. Er hatte auch nicht die geringste Ahnung, seitdem er wußte, das es sich nicht um Wesenberg oder Schmidt handelte. Oder waren sie es doch? Hatten die Kinder die Männer nur übersehen, weil sie von den Geschehnissen geschockt waren? Das war das Glaubwürdigste und er fühlte, wie sich die alte, grenzenlose Wut in ihm aufbaute und er die Bilder um sich herum kaum noch wahrnahm. Die Bäume rasten an ihnen vorbei und bildeten ein trauriges Spalier aus Furcht, Haß und Leid. Sie nickten sich gegenseitig zu und bedeckten Die Straße, im Schutze der Nacht, mit ihren Blättern.

Ein Gitter aus Blitzen machte die Nacht zum Tag. Wesenberg hab seinen Kopf und sah durch einige Bäume hindurch wie die Rohrbecks hastig die Straße entlang liefen. „Ronny?" Schmidt blieb stehen und wartete auf Wesenberg, der ihn bald eingeholt hatte. „Was willst du?" „Wir sollten ihnen den Weg abschneiden! Du gehst zum nächsten Übergang und

148

ich gehe gleich da durch!" Martin zeigte nach rechts, wo Ronny nur ein paar Bäume und Büsche erkennen konnte. „Wie du meinst! Aber warte, bis ich da bin. Die Rotznase knallt dich noch ab. Er hat zwar nicht den Mumm dazu. Aber der ist nicht ganz dicht im Oberstübchen. Sicher ist sicher." Ronny drehte sich um und ging weiter. Martin hob stärker seine Füße, da er die nasse Kühle an ihnen nicht mochte. Er nahm die lichter des Ortes als Anhaltspunkt und ging auf den schwarzen Streifen zu den die Bäume in der Nacht bildeten. Er zwang sich durch die Büsche, die schwer durchdringlich waren. Wesenberg ging wieder schneller, hatte Angst, daß er die Rohrbecks verpassen würde. Er macht einen großen Schritt nach vorn und wie von einem großen gierigen Monster erfaßt wurde er nach unten gezogen.

Susanne zuckte zusammen, als sie den Schrei nur zehn Meter vor sich hörte.

„Das war nur ein Rehkitz!" sagte Thomas, um seine Mutter zu beruhigen.

„Rede doch keinen Unsinn. Ich weiß wie sich ein Rehkitz anhört. Jedenfalls nicht so." Sie lief automatisch schneller. Sie sah immer wieder zu der Stelle, wo der Schrei herkam. Von hinten hörte sie Schritte. Sie rannte fast und ihre Angst machte sie zunehmend nervöser.

Helmut raste mit seinem Wagen die Straße entlang, bremste kurz und bog rechts ab. Das Auto schleuderte herum, doch Helmut bekam es wieder in den Griff. Die Straße war naß und glitschig. Rohrbeck fuhr so schnell er nur konnte und hatte einige Mühe den Wagen auf der Straße zu halten. Paul hielt sich am Haltegriff fest. Er war nicht angeschnallt um so schnell wie möglich aus dem Auto zu springen, falls es nötig werden sollte. Er fluchte leise vor sich hin und besah sich den Sommerweg . Es war kaum etwas zu erkennen. Nur Baumstämme und dichtes Gestrüpp.

Mit verzerrtem Gesicht zog sich Wesenberg aus dem Wasser des Grabens, in den er gefallen war. Obwohl er sowieso schon naß war, war es ihm unangenehm. Er erklomm mit Mühe den modrigen Anstieg und war erfreut, daß er auf der anderen Seite angekommen war. Wie ein wildes Tier beobachtete er die Straße, seine Beute die ganz in der Nähe war. Er achtete nicht auf die Lichtkegel des Autos. Wesenberg richtete sich auf und sprang dann, vor den Rohrbecks, auf die Straße. Er schrie, doch der Schrei vermischte sich mit dem Quietschen der Bremsen.

Paul sah in die entsetzten Augen Wesenbergs, der unverhofft vor dem Auto auftauchte. Er grinste als er diesen Kerl auf der Motorhaube liegen sah. Hoffentlich hatte er sich alle Knochen im Leibe gebrochen. Wesenberg glitt von der Motorhaube und humpelte nach vor. Paul riß die Tür auf, sprang wie ein Wilder hinaus. Doch Rohrbeck war schneller. Er musterte sein Auto und fuchtelte mit der Faust, als er die große

Beule auf der Motorhaube sah und stob sofort los.

Susanne erschrak auf das heftigste, als Wesenberg plötzlich vor sie auftauchte und losschrie. Die Scheinwerfer des Autos blendeten sie, schienen ebenfalls eine Bedrohung zu sein. Susanne und ihr Sohn drehten sich gemeinsam um und liefen los. Schmidt tauchte auf einmal vor ihnen auf und stellte sich ihnen in den Weg. Thomas lief direkt auf ihn zu hob die Flinte und stieß, mit dem Kolben voran, zu. Schmidt schrie mit schmerzverzerrtem Gesicht auf. Er wurde an der Schulter getroffen. Zum Glück konnte er seinen Arm noch bewegen, denn Thomas holte zu einem erneuten Schlag aus. Er bekam die Flinte zu fassen. Es entstand ein Gerangel um die Waffe. Mit einem ohrenbetäubenden Lärm löste sich ein Schuß. Glas barst und das Licht wurde schwächer. Ein Fluch zog zu ihnen herüber, doch sie ignorierten ihn. Thomas bekam die Oberhand, trat mit dem Fuß an Schmidts Knie. Er grunzte unterdrückt und in den Moment in dem er sich an sein Knie faßte, entriß ihm Thomas die Waffe. Er legte an und zögerte noch etwas. Schmidt sprang beiseite und versuchte zu entkommen. Thomas sah ihn nicht mehr. Er hörte nur noch Stöhnen und das Knacken von Ästen. Der nächste Schuß bellte durch die Nacht. Doch dieses Mal war er gezielt. Schmidt schrie erneut und der Junge wünschte sich, daß er getroffen hatte. Er wollte sichergehen. Doch die Hand auf seiner Schulter hielt ihn zurück.

Helmut jammerte vor sich hin. Jemand hatte auf sie geschossen und sein schönes Auto getroffen. Genau den linken Scheinwerfer. „Du Dreckschwein. Ich lege dich um!" Als ein weiterer Schuß fiel sprang er zur Seite und landete direkt in einer Pfütze. Er stand auf und schlich, in geduckter Haltung, weiter nach vorn, lauschte dem Prasseln des Regens und die Schritte der anderen. Vor ihm tauchte eine dunkle Gestalt auf. Er faßte ihn an der Schulter und zog ihn zurück.

Es war Paul.

„Wer hat da geschossen?"

„Keine Ahnung. Ich habe nur Stöhnen gehört und sonst nichts. Ihre Frau habe ich nicht gesehen."

In Helmuts Gesicht gruben sich Sorgenfalten. „Susanne?" rief er laut. Doch die erhoffte Antwort blieb aus. „Susanne?" rief er noch einmal und hinter einem Baum kam seine Frau hervor. „Ja hier!" sagte sie und atmete erleichtert auf. Sie war noch vorsichtig, da sie den Frieden noch nicht traute. Doch als sie ihren Mann sah lief sie zu ihm und umarmte ihn.

„Sie haben Thomas!" rief sie ihn laut ins Ohr. „Er hat eine Waffe und wenn wir nichts tun, wird noch ein Unglück geschehen.

„Scheiße!" Es waren viel zuviel Emotionen im Spiel als das es würde glimpflich ausgehen können.

„Weißt du, wo sie sind?"

„Nein!"

SIE SIND ZUM RABENTÜMPEL, DORT MÜßT IHR HINGEHEN WENN IHR SCHLIMMERES VERHINDERN WOLLT! Manfred Wesenberg stand neben ihnen. Er war klar zu erkennen. Sie hatte ihn nicht

154

kommen sehen, konnten sie auch nicht, denn er war einfach erschienen. Sie sahen sich an und liefen die Straße entlang. Sie bekamen auch nicht mit, wie Manfred Wesenberg verschwand. Ein Umstand, der sie vielleicht schockiert hätte.

Thomas versuchte verzweifelt den harten Würgegriff zu entfliehen. Vergeblich. Wesenberg drückte noch fester zu. Nach wenigen Metern, die sie gegangen waren, stieß Schmidt auf sie. Er stöhnte geräuschvoll. Trotz des strömenden Regens konnte man die Schweißperlen auf seiner Stirn sehen. Er war blaß und sein kurzes, stoßweises Atmen ließ nichts gutes erahnen.
„Du Schwein hast auf mich geschossen! Sie an, wie ich blute. Alles rot. Ich glaube die Hose kann ich vergessen." Ronny holte aus und gab Thomas eine schallende Ohrfeige.
„Was ist mit den Anderen?"
„Die sind zurückgeblieben. Kann sein, das sie uns verfolgen!" Ronald sah die Waffe in Martins Hand und wollte sie unbedingt in

die Finger bekommen. Ihm ging es schlecht. Übelkeit kroch in seinem Hals hoch, versuchte sich seinen Weg durch den Mund zu bahnen. „Gib mir die Waffe, Martin! Ich will dieses Schwein dasselbe beibringen, was er mir angetan hat." Er dachte nicht nach. Sein Handeln wurde nur noch von seinen Schmerzen diktiert. Brennender, ungeheuerlicher Schmerzen, der ihn plagte und der jeden Schritt, den er machte, zu einer waren Qual werden ließ. „Nein, jetzt noch nicht. Wir müssen uns erst einen geeigneten Platz aussuchen, an dem wir ihn abladen können. Wenn wir den erreicht haben, kannst du tun und lassen, was du willst." Wesenberg ging weiter und zog Thomas kräftiger hinter sich her. Schmidt verharrte noch ein wenig, folgte dann aber Martin. In ihm brodelte es Wut und Schmerz vermischten sich. Sein Freund wollte sich sicher über ihn lustig machen, aber das würde ihn bald vergehen. Er steckte mit den anderen unter einer Decke. Sie wollten ihn in eine Falle locken und ihn dann verschwinden lassen. Er mußte so tun, als ob er dieses Spiel mitspielte und sie allesamt zur Rechenschaft ziehen. Wenn diese verdammten Schmerzen nicht wären. Oh wie er es haßte, wie er alle Menschen haßte, wie er seinen Freund haßte.

„Was willst du tun?" fragte Susanne ihren Mann, der einen forschen Schritt an den Tag legte. Sie versuchte mitzuhalten und es gelang ihr nur mit Mühe. „Ich weiß nicht genau. Es wird sich zeigen, wenn wir sie gefunden haben." Helmut wischte sich den Regen aus den Augen um besser sehen zu können, doch das half nur wenig. Die Finsternis und der Regen, der sie umspülte, war undurchdringlich. Sein Blick blieb auf den glitzernden Straßenasphalt geheftet. Er sah nicht nach seiner Frau und auch nicht nach Paul, der seinen Schritt hielt und neben ihm lief. Wenn er den Jungen neben sich ansehen würde. Vielleicht fiel ihm dann wieder ein, daß er ihn eigentlich gar nicht ausstehen konnte. Er konnte nicht einsehen, daß seine Tochter einem anderen Mann, auch wenn er eigentlich noch ein Junge war, genauso viel Zuneigung entgegenbrachte wie ihm selbst. Vielleicht sogar noch mehr. Aber daran konnte Helmut gar nicht denken, geschweige denn, er wollte es. Jetzt war nur noch sein Sohn wichtig. Sie mußten ihn aus dieser mißlichen Lage herausholen. Er konnte seiner Tochter nicht helfen. Deswegen mußte er wenigstens seinen Sohn vor schlimmeren bewahren. Paul ahnte nichts von dem, was in Helmut Rohrbecks Kopf vorging. Er hatte Angst vor dem, was der heutige Tag noch so alles mit sich bringen würde. Ein Bild flog vor seinem inneren Auge vorbei. Ein Bild, daß er schon des öfteren gesehen hatte und ihn einfach nicht aus den Gedanken ging. Eine Hand um Helenas Hüfte, ein Sturz, dann ein Schrei. Dieser Schrei würde ihn sein ganzes Leben verfolgen und diese Hand auf ihrer Hüfte. Sie kam ihm bekannt vor. Es war alles so einfach und doch so schwer. Er fühlte das sie gestoßen wurde sah es auch vor dem inneren Auge und er kannte den Täter, aber er konnte ihn einfach nicht identifizieren. Paul trat in eine Pfütze, fluchte leise vor sich hin. Es blitzte und donnerte wie zuvor und es war nicht daran zu denken, daß es in nächster Zeit damit aufhören sollte. Es wurde unversehens taghell und ein Blitz schlug nur hundert Meter vor ihnen in einen Baum ein. Es krachte berstend und im Funkenregen des Blitzes sahen sie die Silhouetten der anderen, wie sie von der Straße abbogen und auf eine Wiese gingen. Irgendwie hatte Paul das Gefühl, daß sie geleitet wurden. Von wem, oder was konnte er nicht sagen, aber es sah wirklich so aus, als ob sie jemand die Richtung wies. Peters Herz raste und sein Weg führte ihm dorthin, wohin der Blitz eingeschlagen war.

Martin zuckte zusammen, als der Blitz neben sie einschlug. Er wendete sich ab, sah auf die Wiese und auf dem etwa zweihundert Meter entfernten Rabentümpel. Erinnerungen kamen in ihm hoch, die ihm in früheren Zeiten in einem Zwiespalt brachten. Einen Zwiespalt zwischen Geborgenheit und Freiheit. Einer Freiheit, nach der er sich immer gesehnt hatte und die er in seinem jetzigen Leben gefunden hatte. Schmidt stöhnte hinter ihm laut. Das machte er schon den ganzen Weg über und obwohl Wesenberg auf alles andere achten mochte entging es ihm nicht. Es ging ihm auf die Nerven. „Höre endlich auf zu jammern, das hält doch kein Mensch aus!" Martin ging schneller, sah auf die tiefe schwärze des Bodens. „Halt ja dein Maul, oder ich präge dir einen Abdruck auf dein schäbiges Gebiß! Autsch, tut das weh. Ich halte das nicht länger aus. Wir müssen einen Arzt rufen, der sich das mal ansieht. Ich habe noch keine Lust hier draufzugehen." Ronald jammerte wieder versuchte erfolgreich eine aufkommende Ohnmacht zu unterdrücken. „Wenn du weiter so machst, dann beißt du bald wirklich noch ins Gras. Dafür sorge dann ich!" dachte Martin und er schloß den Griff fester um die Waffe in seiner Hand. Eine rasche Folge gewaltiger Blitze erhellte die Umgebung und der dichtbewachsene

Rabentümpel baute sich schemenhaft, schaurig vor ihnen auf.

Paul und die Rohrbecks liefen in immer schneller werdenden Schritten über die Überfahrt. Sie fühlten sich an einen anderen Ort versetzt. An einen Ort an dem nichts gutes geschehen konnte und alles was sie machten auch nicht gut enden konnte. Susanne und Helmut fröstelten. Während es bei der Frau die knappe Bekleidung war spürte ihr Mann die Beklemmung des unheimlichen Ortes. Hier war etwas geschehen was der Mann sich in seinen kühnsten Träumen nicht ausmalen konnte. Obwohl die Temperaturen nach dem schwülheißen Tag sicher noch bei zweiundzwanzig, dreiundzwanzig Grad liegen dürften schien es, das sie in der Umgebung des Tümpels gerade mal bei fünf Grad oder noch niedriger liegen durften. Sie spürten, wie das Gras an ihren nassen Füßen von Schritt zu Schritt klammer wurde. Zuerst war es einfach nur Regenwasser, dann schon eher Reif. Wenige

Augenblicke später klirrte das Gras unter ihren Füßen. Paul sah nach unten. Es war ihm aufgefallen und er mußte sagen, daß es ihm nicht gefiel. Sein Mund stand offen. Das Herz schlug unregelmäßig. Die Umgebung schien ihm den Atem zu rauben. Die vielen Bäume und Büsche, die dicht gedrängte um dieses Wasserloch standen, das gerade mal die Größe eines halben Fußballfeldes hatte, wurden von einer dicken Eisschicht überzogen. Paul zählte unbewußt die Schritte, die nach und nach gesetzt wurden. Das Eis knirschte unter den Schuhsohlen und als sie vor den ersten Büschen standen, blieben sie stehen. Ein Schrei flog zu ihnen herüber. Ein Schrei, der die Rohrbecks erzittern ließ. Die Luft war klar und doch schien es, als wären sie in einer anderen Zeit.

Martina und Manfred Wesenberg waren ihren Jungen gern gefolgt, als dieser zu einem kleinen Spaziergang eingeladen hatte. Aber warum mußte es zu einer solch späten Stunde sein? Er war den ganzen Weg hierher so aufgeregt gewesen. Wenn er etwas

162

sagte, wurde seine Stimme von einem hysterischen Lachen begleitet, was sie eher seiner Unbekümmertheit zuschrieben. Sie liebten ihren Jungen und er bekam, was immer sich er auch wünschte. „Wo gehen wir denn hin, mein Junge?" fragte Manfred seinen Sohn, als sie plötzlich von der Straße abgingen. „Ich will euch nur etwas zeigen!" „Und was?" fragte Martina Wesenberg. „Es ist eine Überraschung!" Martinas Stimme zitterte ein wenig, als er es sagte. Die Rohrbecks und Paul standen mit offenen Mündern da und beobachteten die gespenstische Szenerie, die sich in einer anderen Zeit abspielt hatte und doch auf seltsamer Art und Weise in die Gegenwart projiziert wurde. Die Personen wirkten echt und die Leute konnten ihre Anwesenheit spüren. Selbst Martin stand nur da und sah erschrocken drein. Martin Wesenberg und seine Eltern gingen auf den Rabentümpel zu. Die Schritte waren nicht zu hören, verblieben irgendwo in der Vergangenheit. „Es ist so dunkel und so kalt hier, Martin!" Martina zog ihre Jacke stärker an sich. „Wir sind gleich da!" Sie huschten durch das dichte Buschwerk, ohne diese zu berühren. Das Geäst drang durch ihre Körper, als wenn diese transparent wären. Noch zwei Schritte da standen sie am Rande des Wassers und Martin bückte sich, als würde er etwas aufheben. Es war hell genug, um jeden einzelnen Finger der Wesenbergs zu sehen. Jede Bewegung die sie machten und jede Miene ihrer Gesichter. „Hört auf damit!" rief Martin und ging ein paar Schritte nach hinten, Thomas mit einem kräftigen Ruck nach hinten zerrend. Der Martin aus der anderen Zeit nahm einen Knüppel in die Hand. Seine Eltern sahen es nicht, erkannten nicht seine Absichten. Sie warteten immer noch auf die Überraschung die ihr Junge für sie vorgesehen hatte. Ihr ungeduldiges Lächeln auf ihren Gesichtern erhellte immer noch ihr Gemüt. Martin hob den Knüppel in die Luft, drehte sich blitzschnell um und schlug zu.

Er traf seinen Vater direkt am Kopf. Martina Wesenberg schrie auf, als sie ihren Mann umfallen sah. Ihr Blick fiel auf Martin, ihren Sohn, der seinen eigenen Vater erschlagen hatte. Sie wollten in seinen Augen lesen. Wollte in ihnen lesen, warum er das tat. Doch die Augen ihres Jungen leuchteten nur matt und sahen kalt durch sie hindurch. „Martin, bitte nicht, mein Junge!" Sie flehte ihn an, doch Martin Wesenberg schlug erneut zu. Alle Anwesenden standen mit offenen Mündern da und wollten nicht glauben was sie da sahen. Helmut Rohrbeck schüttelte fassungslos seinen Kopf. Er faßte seine Frau um die Hüfte und er hielt sie fest, damit sie das ganze Grauen besser verarbeiten konnte. Paul sah hinüber sah zu Thomas und den anderen hinüber. Sie standen keine zehn Meter von ihnen entfernt und waren nicht weniger geschockt als sie selbst. Nur Wesenberg lächelte kalt, bei dem Film der vor ihnen ablief. Schmidt glaubte seinen Freund gekannt zu haben. Sie waren seid Jahren fast jeden Tag zusammen gewesen. Waren die besten Freunde, doch was er jetzt sah ließ den blanken Ekel in ihn aufsteigen.

Er übergab sich geräuschvoll. Seine Hände zitterten und er setzte sich ins tiefgefrorene Gras, daß unter seinem Hintern klirrte. Er hielte seinen Kopf und fing leise an zu weinen. Die leuchtende Gestalt Wesenbergs nahm den regungslosen Körper seines Vaters und zog ihn in das Wasser des Tümpels. Er versank selbst bis zur Hüfte im Wasser. Doch das machte ihm nichts. Den Körper seines Vaters drückte er unter Wasser, verkeilte ihn unter einem sperrigen Ast der von einem Baum abgebrochen war und der ein ideales Versteck war. Dasselbe machte er mit seiner Mutter. Als er wieder ans Trockene kam lächelte er kalt, drehte sich nicht einmal mehr um und verschwand. Allgemeine Verwirrtheit herrschte unter den Anwesenden. Sie standen alle mehr oder weniger unter Schock. Selbst Wesenberg fühlte sich ein wenig unwohl in seiner Haut. Aber nur deswegen, weil sein großes Geheimnis jetzt keines mehr war. Was war geschehen? Wie war die unheimliche Szenerie zu erklären? Martin nahm an, daß es sich um eine Lichtspiegelung handelte, die die Tore der Zeit durchbrachte und die das Geschehene in die jetzige Zeit zurückspulte. Auch wenn er darüber nachdachte, mußte er sich eingestehen, daß das blanker Unsinn war. Er glaubte nicht daran. Es war einer jener Dinge die er einfach für unmöglich hielt. War es ein Phänomen, daß durch das Gewitter zu erklären war? Es blitzte unvermindert stark und der gewaltige Donner untermalte akustisch deren Stärke. „Laß meinen Sohn los." Susanne stand unter Schock. Das sie sich als erst meldete, war ihrer Angst zuzuschreiben. „Das könnte dir so passen, du Schlampe!" Wesenberg brauchte ihn als Schutz. Wer weiß, was sie mit ihm anstellen würden, wenn er keinen Faustpfand mehr in seinen Händen hatte. Ein unwiderstehlicher Schmerz durchzuckte plötzlich seine Magengrube, ein Schmerz, der ihm die Luft zum atmen nahm. „Sag nie wieder zu meiner Mutti Schlampe." Thomas krächzte mehr, als das er etwas normales sagte. Trotz des Schlages hatte Wesenberg seinen

Würgegriff nicht erheblich gelockert. Er hatte sich abgeduckt. Keuchte mit ihm in der Hocke um die Wette. Thomas zog und zerrte, versuchte sich mit vergeblicher Mühe zu befreien. Paul trat einen Schritt vorwärts. Vielleicht hatte er zu viele schlechte Filme gesehen, denn er dachte jetzt daran Wesenberg irgendwie zu überrumpeln. Sein Herz schlug schneller, als er diesen Entschluß gefaßt hatte. Er bewegte sich langsam, versuchte so weit und so schnell wie möglich zu kommen, ohne dabei erwischt zu werden. Trotz der grellen Blitze war die Sicht nach wie vor nicht die beste. Er hatte also die berechtigte Hoffnung sein Tun in die Tat umsetzen zu können. Sein Blick heftete sich an die Schatten, die sich nur einige Schritte von ihm entfernt befanden. Er beobachtete jede Bewegung, jedes Kopfschütteln, der beiden jungen Männer. „Bleib ja stehen, du Ratte!" Martin fuchtelte mit dem Gewehr herum und stieß dessen Lauf in Thomas` Hüfte. Der schrie unterdrückt auf. Paul blieb wie angewurzelt stehen, wollte nicht das Leben des Jungen durch eine überstürzte Handlung gefährden. „Du hast doch sowieso keine Chance. Laß ihn also gehen. Ich verspreche dir auch, daß dir nichts geschieht!" „Du versprichst mir, daß mir nichts passiert?" fragte Martin, der sich nur mit Mühe sein Lachen verkneifen konnte." Das euch nichts passierte, daß kann ich dir aber nicht versprechen, denn ich werde euch alle auslöschen. Jeden einzelnen von euch. Zuerst werde ich Thomas erledigen, dann den Idioten. „Wesenberg wies mit dem Kopf auf Helmut Rohrbeck, der nur dastand und entsetzt war." als Drittes kommst du an der Reihe und zuletzt kommt die Frau am Zuge. Das wird mir besonderen Spaß bereiten." „Halt endlich dein dreckiges Maul, kleiner Scheißer! Wenn du nicht gleich meinen Jungen freigibst, endest du, wie deine Eltern." Helmut kochte vor Wut. Warum ließ er sich eigentlich von diesen Rotzlöffel an der Nase herumführen? Er ging ein paar Schritte vorwärts. Seine Hände zitterten. Er versuchte Wesenberg in dessen regenverwaschene

Augen zu sehen, doch er tat es vergeblich. Wesenberg bewegte sich nicht. Seine Mimik ließ keine Regung auf dessen Gesicht erkennen. „Du wolltest es ja nicht anders!" Plötzlich fiel Wesenberg nach vorn über. Ein lauter Knall begleitete das Donnern des Gewitters. Ein Schuß hatte sich aus der Flinte gelöst und jagte alle Anwesenden einen gehörigen Schreck in ihre Beine.

Schmidt stand hinter seinem Freund Martin und nahm die Waffe an sich. In ihm hatte die ganze Zeit ein Kampf getobt. Ein Kampf mit sich und seinem Gewissen. Er war schockiert von dem blutigen Schauspiel, daß sich vor ihnen abspielte. Sein Freund war ein Mörder und er hatte es nicht gewußt. Er war sein Kumpel gewesen die ganze Zeit lang. Wenn es dann hart auf hart ging würde man ihn sicher der Mittäterschaft bezichtigen und mit Mord wollte er nichts zu tun haben. Damals war er nahe dran gewesen eine Dummheit zu begehen, als er die kleine Rohrbeck verfolgte. Bei ihm hakte es einfach aus. Aber jetzt wollte er von vornherein ausschließen und deshalb schlug er Martin von hinten nieder. Ronald mußte sich von dem Schrecken des Schusses erst erholen. Er sah sich Thomas Rohrbeck an. Doch es sah so aus, als hätte der sich nicht verletzt. Ronald konnte sich nicht entscheiden, ob er sich darüber freuen sollte, oder nicht. Sein Bein schmerzte höllisch und nur mit Mühe konnte er eine Ohnmacht unterdrücken. Wesenberg weitete entsetzt seine Augen. Wie konnte ihn Ronald nur das antun? Er hatte sich bei dem Sturz einige Abschürfungen an seinen Händen zugezogen, aber das schmerzte ihn weniger, als dieser Vertrauensbruch seines besten Freundes. Aber mit dieser Freundschaft war ein für allemal Schluß. Thomas nahm die gegenwärtige Situation war und flüchtete zu seinen Leuten. „Schieß doch du Trottel. Er haut ab. Schieß!" Martin schrie seinen ganzen Frust heraus. Leck mich am Arsch!" sagte Ronald nur knapp. Ihm war vollkommen egal was Martin sagte und was er meinte.

„Ronald gib uns die Waffe, wir können über alles reden!" Helmut kam, bis auf wenige Schritte an ihn heran und versuchte in sein Gewissen zu reden. „Keinen Schritt mehr weiter." Der Lauf des Gewehres wurde wieder direkt auf Helmut gerichtet." Ich will nicht ins Gefängnis und ich will auch keinen Mord begehen. Bleib mir vom Leibe. Laßt uns die ganze Sache vergessen und wieder nach Hause gehen. Wir haben nichts gesehen. Ihr habt nichts gesehen. Wir haben nichts gehört. Ihr habt nichts gehört. Die Fehler die wir alle gemacht haben, können wir nicht mehr ungeschehen machen, aber für einen Neuanfang ist es nie zu spät!" „Schieß sie über den Haufen und rede nicht solchen Blödsinn. Das hält man ja im Kopf nicht aus." „Maul halten. Ich rede!" „Wenn ihr versprecht, daß ihr in Zukunft uns in Ruhe läßt, dann bin ich dafür." Helmut Rohrbeck hatte die Nase gestrichen voll. Er war bis auf die Haut durchnäßt und sein Kopf schmerzte. Er wollte nur nach Hause, unter die Dusche und dann ins Bett. Was sagt ihr dazu?" Susanne Rohrbeck nickte. Ihr Sohn tat das Gleiche. „Wir sind alle damit einverst...!" Helmut wurde jäh unterbrochen. „Wir sind nicht alle damit einverstanden. Jedenfalls ich nicht. Einer von diesen Bastarden hat Helena auf dem Gewissen. Dafür müssen und werden diese Dreckskerle büßen." Paul schrie mehr, als das er sprach. „Das macht sie auch nicht mehr lebendig." sagte Thomas und senkte dabei seinen Kopf. „ Das mag sein, aber mich wundert es, daß ihr die Kerle einfach so davonkommen lassen wollt." Peters Augen blitzten nur so vor Wut und Groll. „Es war doch ein Unfall. Das ist alles. Ein saublöder Unfall." Die Verzweiflung in Susannes Stimme war nicht zu überhören. Sie fing an zu weinen. Leise aber heftig. „Das glaube ich nicht!" Paul Forster wollte auf keinen Fall von seinen Träumen erzählen. Die Anderen würden ihm sowieso nicht glauben. „Und was glauben sie?" Schmidt sah Helmut Rohrbeck mit durchdringenden Blick an. Es kam eigentlich nur darauf an, was er dazu meinte. Helmut wiegte den Kopf hin und her schien zuerst keine eigene Meinung besitzen zu wollen. „Es war ein Unfall und wir lassen die Sache auf sich beruhen." „Scheiße, Nein!" Paul stürmte plötzlich nach vorne und warf sich auf den überraschte Ronald Schmidt. Beide rangen, versuchten die Waffe in ihre Gewalt zu bekommen um den einzigen Vorteil in der Hand zu haben. Der Lauf des Gewehres richtete sich nach oben. Bewegte sich Stück für Stück auf Peters Gesicht zu. Der Junge spürte den kalten Stahl der Flinte auf seiner Wange, versuchte die Angst in seinem Innern zu belassen. Seine Hände faßten nach deren Schmidts, hinderten sie daran, den Abzug zu betätigen, versuchte dessen Finger in seiner Wut zu brechen. Jeden einzelnen. Vom Kleinen bis zum Großen. Schmidt schrie auf, hielt dagegen. Seine Glieder schmerzten, aber er ließ nicht locker. Er gewann wieder die Oberhand, drückte den Jungen unter sich ins nasse Gras. Er freute sich, wollte zum entscheidenden Schlag ausholen. Sein Kopf begann sich aber plötzlich zu drehen und seine Sinne schwanden zusehends. Ihm wurde abwechselnd heiß und kalt. Die ersten Schleier legten sich über seine Augen, bis sie schließlich in eine tiefe Dunkelheit fielen. Peters Atem stockte, als plötzlich Körper erschlaffte. Hatte er ihn etwa getötet? Alle möglichen Sachen spukten in seinem Kopf herum. War Schmidt dermaßen böse, daß er ihn lieber Tod als lebendig sehen wollte? Er dachte an Helena und sie würde es nicht wollen, daß er jemanden tötet. Und gerade dann nicht, wenn es aus Rache war. Der Kerl hatte es aber verdient. Er würde ihm lieber seinen verdammten Schädel einschlagen, als ihn ruhig nach Hause gehen zu lassen. Er nahm das Gewehr an sich, hielt Schmidt den Lauf direkt vor dessen Nase. Sein rechter Zeigefinger suchte den Abzug. Er fand ihn vor lauter Rage nicht. Statt dessen wurde er mit einem kräftigen Ruck nach hinten gerissen. Wesenberg hatte sich wieder zurückgemeldet und umklammerte Peters Körper im eisernen Griff. Paul versuchte sich aus der Umklammerung zu befreien. Gab seinem Angreifer zwei kräftige Schläge mit den

Ellenbogen. Wesenberg stöhnte auf, ließ, aber nicht in seinem Griff nach. Seine Rippen schmerzten. Aber er ignorierte es. Sie fielen zu Boden, rollten über die naßkalte Erde. Paul verlor das Gewehr, daß zwischen den Grasbüscheln liegenblieb und von den anderen nicht bemerkt wurde. Wesenberg schlug Paul auf die Nase, Sein Kopf wurde nach hinten geschleudert und aus den Nasenlöchern ergoß sich ein dunkelroter Rinnsal von Blut, der sich seine Bahn über die Oberlippe suchte.

Helmut wollte seine Ruhe, doch der Freund seiner Tochter spielte da nicht mit. Vielleicht hatte er ja auch recht damit. Er wollte nichts sehnlicher als die Kerle dafür bestrafen, was sie seiner Tochter im alten Gutshaus angetan haben, oder tun wollten. Er hätte sie gerne für Helenas Tod verantwortlich gemacht, aber sie hatten nichts damit zu tun. Gar nichts! Wesenberg hatte sich auf Paul gestürzt und sie rangen auf der Erde. Schmidt lag, ohne ein Lebenszeichen von sich zu geben, etwa Abseits und rührte sich nicht.

„Papa! Bring Mutti nach Hause. Wir werden die Sache hier schon regeln." Thomas stand neben ihn und sah ernst drein. „Was hast du vor?" „Ich werde Paul davon überzeugen, daß wir die Sache auf sich beruhen lassen sollten!" „Wie willst du das schaffen?" „Das laß mal meine Sorge sein. Bring Mutti nach Hause, damit sie sich keine Lungenentzündung holt!" Helmut sah zu den beiden Streitenden herüber, die sich abwechselnd schallende Ohrfeigen gaben und über den Boden schleiften. Er sah die Waffe nicht mehr und nahm an, daß sie sie verloren hatten. Also bestanden keine so große Gefahr mehr. Ohne noch ein Wort zu sagen ging er zu seiner Frau, nahm sie bei der Hand und verschwand in die Blitzdurchzuckte Dunkelheit. Thomas brachte den Arm wieder in eine normale Stellung, faßte Schmidt unter die Achseln. Paul stand auf. Er hatte Mühe seinen Zorn zu unterdrücken. Doch er schaffte es. Er faßte Ronald unter den anderen Arm und sie schliffen ihn an den Rand des Rabentümpels. „Was habt ihr mit mir vor?" Schmidt hatte Angst. Er sah das dunkle Gewässer vor sich und er ahnte dabei nichts Gutes. Die Jungen zogen ihn hoch und seine Angst wurde immer größer. Er konnte zwar schwimmen, doch sein verletztes Bein würde ihn daran hindern, über der Wasseroberfläche zu bleiben. „Laßt mich bitte leben, Bitte!" Die Jungen sahen sich an und schüttelten nur angewidert die Köpfe. Er versuchte sich noch einmal aus der Gewalt der Jungen zu befreien. Vergeblich. Sie hielten ihn noch fester und stießen ihn nach hinten.

Ronald schrie, so laut er nur konnte. Sein Herz schlug schnell und er bereute alles Schlechte, was er bisher getan hatte. Er erwartete das kühle Naß, in das er eintauchen mußte und den Kampf bis ihn die letzte Luft zum atmen in die Besinnungslosigkeit entließ. Doch dem war nicht so. Das einzige, was er spürte, war ein harter Gegenstand der an seinen Rücken schlug. Paul mußte ein Lächeln unterdrücken. Dieses Arschloch hatte tatsächlich gedacht, daß sie ihn im Tümpel ersaufen lassen würden. Wenn er auch diese unbändige Wut in sich spürte und den Kerl am liebsten den Schädel einschlagen würde. So war er doch kein Mörder. Er drückte ihn an den abgestorbenen Baum, der keine Rinde mehr besaß und band ihn mit seinem Ledergürtel daran fest. Er zog noch einmal kräftig daran und ihm war dabei egal, daß Schmidt vor Schmerz an seinen Handgelenken aufschrie. „Was habt ihr vor?" fragte Schmidt noch einmal. Er zitterte vor Angst und Ungewißheit. „Halt endlich die Klappe!" Die beiden Jungen sagten es fast gleichzeitig. „Ja, was machen wir nur mit ihm?" Thomas hatte nicht die geringste Ahnung, was Paul mit dem Kerl vorhatte. Sie gingen einige Meter von ihm weg. „ein wenig ärgern. Ein bißchen Angst einjagen. Vielleicht noch ein zwei Schellen geben." „Und wenn wir mit ihm fertig sind?" „Wenn wir mit ihm fertig sind, wird er sich wünschen, nie geboren worden zu sein." „Genau! Ich werde mal sehen, was mit Wesenberg los ist. Der ist mir zu ruhig." Thomas ging die paar Schritte zu dem am Boden liegenden Mann und kam nur wenig später wieder zurück. „Ist nur bewußtlos." Sagte er nur und Paul glaubte daraus ein wenig Enttäuschung herausgehört zu haben. Er wendete sich wieder an Schmidt der immer wieder versuchte die Fesseln zu lösen. „Du weißt doch, warum wir die ganze Sache nicht vergessen können?" „Laßt mich in Ruhe! Ich gebe euch auch alles, was ihr wollt. Geld, Schmuck! Ihr braucht mir nur zu sagen was ihr haben wollt." „So viel Geld gibt es gar nicht. Sage mir nur, wer Helena auf dem Gewissen hat. Mehr will ich gar nicht wissen." „Wir haben damit nichts zu tun. Laßt mich frei!" „Jemand hat sie gestoßen und ihr seit die einzigen, die ihr etwas Böses wollten. Wer war es?" Pauls Stimme wurde drohender. „Wir haben damit nichts zu tun!" schrie Ronald aus vollem Halse. Ihm wurde abwechselnd heiß und kalt und Schweiß vermischte sich mit dem schwächer werdenden Regen. „Wer war es?" Paul trat Schmidt an dessen verletztes Bein. Der junge

Mann schrie vor Schmerzen auf. Thomas setzte ein finsteres Lächeln auf." Sag ihm endlich was er wissen will, Mann. Der ist total bescheuert in der Birne. Der bringt dich glatt um." Paul warf einen bösen Blick zu Thomas und er schwieg. „Ich weiß nicht wer es war. Ich weiß es nicht!" Schmidt schien einer Bewußtlosigkeit nahe. Mit einigen kräftigen Ohrfeigen holte Paul ihn in die Wirklichkeit zurück. „Du kannst nach Hause gehen. Ein schönes heißes Bad nehmen und dir dann ins Bett legen und lange, lange schlafen. Sage mir einfach, wer Helena gestoßen hat. War es Wesenberg?" Schmidt überlegte. Sollte er alles auf Martin schieben? Sollte er diesen Forster sagen das alles Wesenberg getan hatte? Ihm war nicht wohl bei der Sache. Er wußte, daß es nicht die Wahrheit war. Und wenn er lügen würde, war ihm auch egal. Aber was war, wenn er log? Dann würde er wieder Ärger mit diesem Rotzlöffel bekommen und das war sehr schmerzhaft. Er hatte früher nicht einmal daran denken mögen, daß er soviel Angst empfinden konnte. Soviel Angst vor einem Jungen, der gerade aus der Schule gekommen war. „Wir waren es wirklich nicht! Wir waren nicht einmal im Ort, als der Unfall passierte." „Es war kein Unfall!" schrie Paul." Und woher willst du wissen, wann sie überfahren wurde!?" Paul schlug Schmidt mit drei mächtigen Fausthieben ins Gesicht. Er horchte in sein Innerstes. Aber die Wut und der Schmerz ließen nicht nach. „Es stand doch in der Zeitung!" Schmidt flehte regelrecht. „Sag mir endlich die Wahrheit und komm mir nicht mit solch blöden Ausreden." Paul kochte. Er sah auf seine Hände, die sich langsam erhoben und sich um Schmidts Hals schlossen. „Sag mir die Wahrheit!" brüllte er außer sich und drückte zu. Schmidt krächzte und würgte versuchte sich aus dem Griff zu befreien. „TU ES NICHT!" Paul hörte die weibliche Stimme. Er drehte sich nach allen Seiten um, ließ aber den Griff fest um Schmidts Hals. „LAß IHN AM LEBEN. TU ES MIR ZULIEBE!" Es war Helena. Er hörte ihre Stimme. Der Junge ließ von seinem Opfer ab. Er hatte ihre Stimme gehört. „Was ist los?" Thomas holte ihn aus seinen Gedanken. „Hast du sie nicht gehört? „Wen gehört?" Thomas hatte es also nicht wahrgenommen. Wahr er einer Halluzination erlegen? Nein, sie hatte zu ihm gesprochen und vielleicht war es besser so. Er nahm Schmidt die Fesseln ab. Der sank wie betäubt ins Gras. Der junge Mann hustete und röchelte. Paul sah auf ihn hinab und auf einmal spürte er so etwas wie Mitgefühl. Er konnte es nicht leiden, aber er spürte es. Was sollte er jetzt tun? Einfach nach Hause gehen? Einfach so tun, als wäre nichts geschehen? Das konnte und wollte er nicht. Er war kein Mörder, daß stimmte, aber trotzdem hatten diese miesen Schweine ein Abreibung verdient. Er bückte sich, schlug Schmidt ein paar mal mit der Faust ins Gesicht. Doch er konnte die tiefe Leere in sich nicht mit Genugtuung ausfüllen. Er drehte sich um und ging los. Diese Leere, diese Trauer. Er hielt es einfach nicht mehr aus. Der Regen und der starke Wind kühlten ihn aus. Er haßte sich, er haßte alle anderen. Wie sollte es von nun an weitergehen? Bilder huschte durch seine Gedanken die üblichen, die er schon des öfteren gesehen hatte. Die üblichen und doch sah er neue. Er sah Helena, wie sie stürzte und er sah den Menschen, der sie stieß. Er sah ihn in Großaufnahme. Sein Gesicht und er hatte es doch die ganze Zeit geahnt. Plötzlich tauchten Helmut und Susanne Rohrbeck vor ihm auf. Zuerst dachte er an neuen Traumbildern, Visionen, doch sie waren es wirklich. „Jetzt weiß ich wer es war!" sagte Paul kurz angebunden und ging zurück. Die Rohrbecks folgten ihn, ohne ein Wort zu sagen. Sie waren zurückgekommen um die Sache endlich zu klären. Schließlich waren sie die Erwachsenen und die anderen noch Kinder. Ihnen sich selbst zu überlassen wäre einfach fahrlässig. Das Gewitter setzte sich mit unverminderter Stärke fort. Auch wenn Paul es nur noch mit halben Verstand wahrnahm merkte er, das es in dieser Nacht noch an Stärke zunehmen würde. Er dachte an seinen Traum. Wenn er sich bestätigen würde, was würde er tun?. Er konnte es nicht sagen, weil er es einfach nicht wußte. Die Ungeheuerlichkeit dieser Bilder in seinem Gehirn entsagte jeder Vernunft. Er ging zu dem Platz, an dem Wesenberg gelegen hatte, aber er war nicht mehr da. Hatte er sich wieder erholt? Die Antwort lag in einer dunklen Schleifspur durchs nasse Gras, die zu dem Gewässer führte. Pauls Schritte wurden schneller. Er schob abgestorbene Zweige beiseite. Machte sich einen Weg frei. Nun hatte er freien Blick auf das dunkle Wasser des Rabentümpels.

Thomas hatte Wesenberg unter den Achseln gefaßt und zog ihn in tiefere Wasser. Nur wenige Schritte hinter ihm ruderte eine dunkle Gestalt mit den Armen durchs kühle Naß. Schmidt versuchte sich über der Wasserlinie zu halten. Seine Schreie hallten durch die Nacht, wurden aber von den Windböen davongetragen. Paul stürzte sich ins Wasser. Er wußte, das er nicht schwimmen konnte, hatte fast panische Angst vor tieferen

Gewässer. Trotzdem hielt es ihm keinesfalls davon ab zu dem Jungen zu gehen, der schon bis zur Hälfte im Wasser stand.

„Laßt ihn los! Ich weiß alles. Er war es nicht. Er hat damit nichts zu tun!" Paul griff Wesenberg am Arm und zog ihn aufs Land zurück. Er war noch immer bewußtlos.

„Er hat sie getötet. Er muß dafür büßen." Thomas stürzte zu Schmidt, drückte ihn mit aller Kraft unter Wasser. Paul konnte sich ihm nur bis auf zwei Meter nähern. Das Wasser war dort zu tief, als das er bis zu ihm vordringen konnte.

„Laß ihn, verdammt noch mal, in Ruhe, oder ich schlage dir die Nase ein!"

„Was ist denn los?" Thomas Augen wurden zu Schlitzen.

„Was los ist? Du spielst ein falsches Spiel. Hetzt uns gegen diese beiden Idioten auf. Dabei weißt du ganz genau, das sie deine Schwester nicht gestoßen haben."

„Sie waren es!" schrie Thomas ihm entgegen.

„Nein, sie waren es nicht. Du hast Helena getötet!" Es war gesagt und

Paul fühlte sich dabei gar nicht gut.

Susanne und Helmut Rohrbeck rissen die Augen auf, konnten nicht glauben was sie da hörten.

Thomas hielt sein Blick gesenkt, wußte nicht was er weiter tun sollte.

„Woher willst du das wissen?" fragte Thomas nach kurzem Schweigen.

Du warst der einzige, der sich in Helenas Nähe aufgehalten hatte. Die beiden Trolle waren nicht einmal im Ort, als es passierte. Du hast neben ihr gestanden und du hast sie vor den Bus gestoßen. Du mieses Dreckschwein! Warum hast du das getan?"

„Du weißt gar nichts! Du warst nicht dabei!"

„Man hat dich gesehen." log Paul. Er konnte es nicht begreifen. Er hoffte, daß sein Traum nur ein Trug war. Paul hoffte es auch im Sinne der Eltern.

Thomas ließ Schmidt los. Der trieb regungslos auf dem Wasser und gab keinen Laut von sich. Er sah zu seinen Eltern. Sie sahen verwirrt aus.

„Weil ihr mich nicht mehr liebt!"
Eine Zentnerlast fiel von seinen
Schultern ab.

„Was sagst du da?" sein Vater war
den Tränen nahe. Er konnte es
einfach nicht glauben. Seine
Mutter sagte kein Wort. Ihre
Augen glitzerten von Tränen und
Regen.

„Ihr habt sie mehr geliebt als mich.
Sie bekam von euch alles was sie
wollte. Ich sollte nur auf sie
aufpassen. Ich habe sie gehaßt."

„Wir haben dich immer genauso
geliebt, wie sie! Genauso!" Helmut
war fassungslos. Sein Hals war
trocken. Seine Lippen auch.

„Ihr habt es mir nie gesagt. Nie
gezeigt. Ich wollte doch nur, daß
ihr mich liebt."

„Deswegen bringst du deine
Schwester um? Du bist das größte
Arschloch, daß mir je begegnet
ist." Paul spürte Wut in sich
aufsteigen.

„Sie hat es verdient!" sagte
Thomas kalt.

Paul stürzte sich auf Thomas. Ihm
war jetzt egal ob er nun
schwimmen konnte oder nicht. Die
beiden Jungen schlugen
aufeinander ein. Sie konnten sich,

im Wasser, kaum bewegen, aber die Fausthiebe hinterließen eine starke Wirkung. Paul blutete aus den Mundwinkeln. Thomas rann das Blut aus den Nasenlöchern. Der Kampf zerwühlte das schmutzige Wasser. Thomas drückte Paul gegen einen abgestorbenen Ast, der dort hineinragte. Er bewegte sich, drehte sich auf die andere Seite. Aus dem Wasser erhoben sich zwei Fetzenbehangene Skelette die die beiden Kämpfenden überragten. Thomas und auch Paul erschraken zunächst, erholten sich schnellen und schlugen mit Fäusten und Handkanten aufeinander ein. Thomas schrie dabei seine Angst heraus. Er tauchte Paul unter Wasser. Der fuchtelte, mit den Händen, durch die Luft, traf Thomas am Kehlkopf. Dem wurde für Sekunden die Luft genommen und er ließ Paul los. Der tauchte auf und schlug nun heftiger auf Thomas ein. Helmut Rohrbeck schrie ihnen etwas zu. Doch sie achteten nicht darauf. Sie wühlten das Wasser auf kämpften und rangen sich zum Ufer.

„Schluß jetzt!" schrie Helmut erneut. Er stürmte zu den kämpfenden Jungen und riß sie vehement auseinander. Thomas war überrascht und Paul sah ihn zornig an.

„Bleib ruhig, Paul! Wir können jetzt nichts mehr daran ändern.! Paul sah in das Gesicht eines Mannes, der tief geschockt war und so voller Traurigkeit, daß er innehielt und zwei Schritte zurücktrat. Herr Rohrbeck hatte recht, aber der Haß in ihm loderte wie ein nagendes Feuer. Er wollte nicht in Thomas Nähe sein, sonst würde er ihn wahrscheinlich doch noch umbringen. Er spuckte verächtlich aus, versuchte sich besser in der Gewalt zu kriegen. Er sah auf den Tümpel, auf dem sich, im dichten Geäst. Die beiden Skelette hingen. Die Szenerie war grauenhaft, hatte etwas Alptraumhaftes an sich. Auf einmal wurde es kühler. Das Wasser des Tümpels gefror zu Eis. Von außen nach innen zog sich eine dicke Eisschicht auf die beiden Skelette, die einst zwei lebende Menschen gewesen waren. Eine Serie von Blitzen schlug krachend in die Skelette ein, deren Knochen im Funkenregen rot anfingen zu glühen. Ein Heulen setzte ein und alle Anwesenden sahen aufgeregt zum Himmel. Zwei leuchtenden Kugeln erhoben sich von der Erde. Allen war klar, daß es Toten waren. Sie hatten ihre letzte Ruhe gefunden. Paul lächelte. Er freute sich für die armen Seelen.

„Jetzt seit ihr dran!" schrie jemand vor ihnen auf.

Martin Wesenberg stand plötzlich vor ihnen. Er hielt in seinen Händen die Schrotflinte, die sich durch sein Zittern auf und ab bewegte.

Paul hörte ein knistern und sah zu Boden. Das Frieren hatte wieder eingesetzt. Das Eis fraß sich Zentimeter um Zentimeter vor, war nur noch eine Handbreit von Wesenbergs Füßen entfernt.

„Paß auf, hinter dir!" Er versuchte Wesenberg zu warnen. Der lachte grell auf, hielt es für eine Ablenkung. Doch sein Lachen wich bald den wilden Schreien des Entsetzens. Er war an den Füßen fest gefroren. Das Eis kroch langsam seine Beine hoch. Er versuchte sich, mit wilden Zuckungen, zu befreien.

„Hilfe! Helft mir, bitte!" schrie er verzweifelt. Die Rohrbecks standen wie angewurzelt an ihren Plätzen und sahen den grausigen Schauspiel zu. Paul stürzte nach vorn, wollte Wesenberg irgendwie helfen, doch das Eis kroch auch auf ihn zu. Er sprang wieder zurück und beobachtete wie sich das Eis immer weiter in Martins Glieder fraß. Seine Zuckungen wurden immer heftiger, als vollführe er einen wilden Bauchtanz. Seine Schrei wurden immer verzweifelter. Sein Bauch wurde starr, sein Oberkörper und dann hörten die Schreie abrupt auf.

Pauls Oberkiefer klappte nach unten. Das Eis fraß sich weiter nach vorn. Sie wichen alle zurück und in den Augenwinkeln sah er eine dunkle Gestalt am Boden liegen. Das Eis war nur noch wenige Nasenlängen von ihm entfernt.

Auch Helmut sah den ahnungslosen Mann auf der Erde liegen und die drohende Gefahr näherkommen. Ohne miteinander ein Wort zu wechseln stürmten

Beide los, griffen Schmidt unter die Arme und zogen ihn in Sicherheit. Eine Serie von Blitzen schlug wieder auf der Erde ein. Sie trafen, den zu Eis erstarrten, Martin Wesenberg. Sein Körper zerbarst in Tausende kleine Teile. Die Anwesenden starrten mit Entsetzen darauf und hielten die Arme vor den geblendeten Augen.

„GUT GEMACHT!" sagte wieder die Stimme, die er schon einmal gehört hatte. Er freute sich darüber und er sah wie das Eis verschwunden war.

Der Regen hatte nachgelassen und der stürmische Wind blies die schweren Wolken davon. Nur ab und zu leuchteten Blitze auf, die in der grollenden Ferne verschwanden.

ENDE